AF186446

Tucholsky   Wagner   Zola   Scott   Schlegel
                                         Fonatne Sydow   Freud
        Turgenev   Wallace
    Twain   Walther von der Vogelweide   Fouqué   Friedrich II. von Preußen
                 Weber   Freiligrath
Fechner   Weiße Rose   von Fallersleben Kant   Ernst   Frey
        Fichte   Richthofen   Frommel
        Engels   Fielding   Hölderlin
    Fehrs   Eichendorff Tacitus   Dumas
              Faber   Flaubert
          Maximilian I. von Habsburg   Fock   Eliasberg   Ebner Eschenbach
    Feuerbach   Eliot   Zweig
                        Ewald   Vergil
        Goethe   London
Mendelssohn   Balzac   Shakespeare   Elisabeth von Österreich
                         Lichtenberg   Rathenau   Dostojewski   Ganghofer
    Trackl   Doyle   Gjellerup
          Stevenson   Tolstoi   Hambruch
Mommsen   Lenz   Droste-Hülshoff
          Thoma   Hanrieder
Dach   Verne   Hägele   Humboldt
          Reuter   Hauff
    Karrillon   Rousseau   Hagen   Hauptmann   Gautier
        Damaschke   Defoe   Baudelaire
                                Descartes   Hebbel
                                                    Hegel   Kussmaul   Herder
Wolfram von Eschenbach   Schopenhauer
    Bronner   Darwin   Dickens   Rilke   George
                        Melville   Grimm Jerome   Bebel   Proust
        Campe   Horváth   Aristoteles
Bismarck   Vigny   Barlach Voltaire   Federer   Herodot
                    Gengenbach   Heine
    Storm   Casanova   Tersteegen   Grillparzer   Georgy
            Chamberlain Lessing   Langbein   Gilm   Gryphius
Brentano   Lafontaine
    Strachwitz   Claudius   Schiller   Kralik   Iffland Sokrates
          Katharina II. von Rußland   Bellamy   Schilling
                                   Gerstäcker   Raabe   Gibbon   Tschechow
    Löns   Hesse   Hoffmann   Gogol   Wilde   Vulpius
Luther   Heym   Hofmannsthal   Klee   Hölty   Morgenstern   Gleim
        Roth   Goedicke
          Heyse   Klopstock   Puschkin   Homer   Kleist
Luxemburg   La Roche   Horaz   Mörike
    Machiavelli   Kierkegaard   Kraft   Kraus   Musil
Navarra   Aurel   Musset   Moltke
                      Lamprecht   Kind   Hugo
    Nestroy Marie de France   Kirchhoff
        Nietzsche   Nansen   Laotse   Ipsen   Liebknecht
                    Marx   Ringelnatz
    von Ossietzky   Lassalle   Gorki   Klett   Leibniz
              May   vom Stein   Lawrence   Irving
    Petalozzi   Knigge
          Platon   Pückler   Michelangelo   Kafka
      Sachs   Poe   Kock
        de Sade Praetorius   Mistral   Zetkin   Korolenko

Der Verlag tradition aus Hamburg veröffentlicht in der Reihe **TREDITION CLASSICS** Werke aus mehr als zwei Jahrtausenden. Diese waren zu einem Großteil vergriffen oder nur noch antiquarisch erhältlich.

Symbolfigur für **TREDITION CLASSICS** ist Johannes Gutenberg (1400 — 1468), der Erfinder des Buchdrucks mit Metalllettern und der Druckerpresse.

Mit der Buchreihe **TREDITION CLASSICS** verfolgt tradition das Ziel, tausende Klassiker der Weltliteratur verschiedener Sprachen wieder als gedruckte Bücher aufzulegen – und das weltweit!

Die Buchreihe dient zur Bewahrung der Literatur und Förderung der Kultur. Sie trägt so dazu bei, dass viele tausend Werke nicht in Vergessenheit geraten.

Der Sadducäer von Amsterdam

Novelle

Karl Gutzkow

Impressum

Autor: Karl Gutzkow
Umschlagkonzept: toepferschumann, Berlin

Verlag: tradition GmbH, Hamburg
ISBN: 978-3-8424-0765-7
Printed in Germany

Text der Originalausgabe

Karl Gutzkow

Der Sadducäer von Amsterdam

Novelle

Glückliche Juden, die ihr zwischen Hollands Poldern und Deichen euer Asyl suchtet! Habt ihr je in der Fremde euer Passahlamm in solcher Ruhe genossen und zu den Laubhütten so viel Zweige von den Bäumen brechen dürfen, als an dem Meerbusen IJ? So lustig rauchten nirgends eure Schornsteine bei der Paraskeue am Vorabende des Sabbaths; so reich verbrämte Talare durften die Männer, so schwere goldene Ketten und Ohrgehänge eure Weiber nur in Amsterdam tragen. Die Holländer fürchteten sich weder vor eurem Gelde, noch vor euren Bärten, noch vor euren schönen Töchtern, noch vor Jehova, der sich prächtige Tempel in ihrem Lande baute und mit Wachskerzen, unartikulirten Tönen, ja selbst mit recht unduldsamen, ketzersüchtigen und orthodoxen Priestern und Leviten verehrt wurde.

Es war in der ersten Hälfte des siebzehnten Jahrhunderts, in einer der Straßen, die von dem großen Kai zu Amsterdam auslaufen, in einem stattlichen Hause, das sich vor Niemanden versteckte, aber schon spät, bei eingebrochener Nacht, daß vielleicht die sorgsamste und ehrwürdigste der jüdischen Mütter mit dreien von ihren Söhnen zusammensaß. Welch prachtvolle Umgebung! Welche sonderbare Verbindung des orientalischen und holländischen Geschmacks: in Vorhängen, Sophas, Rauchpfannen, der weitfaltige, elastische, sinnliche Orientalismus, in allem übrigen Zubehör eines großartigen Gesellschaftszimmers die nette, barocke, chinesische Eleganz des Holländers. Esther aber wechselte mit ihren Söhnen jene zärtlichen, sorglichen Reden und Blicke, welche nirgends so treu gemeint sind und wie vom beklommenen Herzen kommen, als im Schooß einer Judenfamilie. Sie ist egoistisch, grausam gegen andere, gewissenlos, die Familienzärtlichkeit der Juden, aber sie ist voller Hingebung und Aufopferung für die Ihrigen.

Sie waren Alle vor Kurzem erst aus Portugal eingewandert. Eliezer schrieb, das Haupt auf den linken Arm gestützt, in die alte Heimath und rückte sich die Kerzen auf dem Tische immer näher; Joel wog portugiesische Münzen in einer kleinen Goldwage und trug den Betrag sorgfältig in ein Buch ein, worin er darauf das Gewicht, in holländischen Münzen ausgesprochen, berechnete; Ruben, der jüngste, ein etwa zwölfjähriger Knabe mit glänzenden Augen, sang lustige Lieder von den Rebeufern des Tajo; Esther aber neigte sich zu jedem, blickte bald in Eliezers Brief, lauschte bald auf das Zünglein in Joels Goldwage, bald strich sie Rubens lockiges Haar und küßte den treuen Mund, der so schöne Weisen nicht vergaß. Das ist die Mutter des Hebräers, sie will jedem ihrer Söhne das ganze Glück, die längsten Jahre, die schönste Braut und die reizendsten Kinder schenken, sie ist mit einer Liebe immer ungerecht gegen die andere, und liebt sie doch alle.

Nun aber Eliezer seinen Brief und Joel seine Goldwage zusammenschlug, fühlte Esther, wie ihr gleichsam zwei Sorgen vom Herzen fielen, und schnell (anders konnte sie nicht leben) griff sie nach einer neuen. Ach! sie lag ihr nicht fern. Esther seufzte und ihre Söhne verstanden sie, so daß selbst Ruben schwieg und die Hand seiner Mutter küßte. Lange blickten sie stumm vor sich hin, bis es der älteste wagte, der Mutter die Last einer schmerzlichen Frage vom Herzen zu nehmen und leise vor sich hinsprach: »Wird Uriel diese Nacht wieder ausbleiben?« Uriel war Esthers dritter Sohn. Sie warf sich unmuthig auf ihren Sessel, dann ermannte sie sich und fragte Eliezer, ob er nirgends von Uriel eine Spur gefunden? »Ich sprach Jochai, unsern Vetter,« antwortete Eliezer; »er traf ihn einige Stunden von Amsterdam, in einer bessern Stimmung als sonst, sogar mit dem Entschlusse, bald in die Stadt zurückzukehren.« Esther traute diesen Worten nicht; denn sie selbst hätte sich nicht gescheut, die Unwahrheit zu reden, wo sie den Ihren damit etwas Liebes zu erweisen wußte. Sie hielt abwehrend die Hand gegen Eliezer und sprach: »Täusche mich nicht, Lieber; ich weiß es, daß er die Seinen flieht, weil seine Liebe zu Jehova täglich mehr erkaltet. O, was hoffte ich von diesem Sohne! Aufgezogen ist er in allen Wissenschaften, welche der menschliche Geist nur erdenken kann; jedes Beispiel übertraf sein Wandel, er erreichte früh, was Andere erst durch den Verlust ihrer besten Jahre erkauften; er hat den Muth gehabt, uns Alle dem Glauben unsrer Väter wieder zurückzugeben, nachdem wir gezwungen gewesen waren, ihn abzuschwören, und jetzt wendet sich bei ihm Alles wieder den alten Irrthümern zu, seine Tugend setzt Rost an, sein Herz ist verstockt, er verläßt seine Mutter und seine Brüder. Wo wird er wandeln? In den Beichtstühlen der Christen, in ihren Tempeln, bei ihren Priestern wird er sich Belehrung holen und unser Leben wird er elend machen.« Joel wollte seinen Bruder in Schutz nehmen und die Mutter trösten. »Wie du Uriel nur so kränken magst!« sagte er; »denn dein Verdacht ist ohne Grund. Er hängt an uns mit ganzer Seele und achtet seinen Glauben hoch. Aber verstimmt ist er; was hat er um unsertwillen nicht Alles aufgeben müssen! Er ist ein gelehrter Mann, der es schmerzlich erträgt, daß er mit so vielen Irrthümern zu kämpfen hat, die in den Wissenschaften verbreitet sind.« – »Ja,« setzte Eliezer hinzu, »er war von jeher ein Träumer und quälte sich mit dem Loose des Menschengeschlechts. Er möchte die Welt recht glücklich machen und alle menschlichen Wesen verhindern, daß sie durch Verbrechen sich selbst im Lichte stehen. Das treibt ihn hinaus in die Einsamkeit, wo ihn die Berührung unsers eigennützigen Rennens und Treibens nicht stört. Wir wollen darum nicht übel von ihm denken.« Esther winkte zweifelnd und sprach: »Wäre es so! Doch wißt Ihr ja, was die Weisen in der Synagoge von ihm denken. Er vermeidet ihren Umgang, und wann er einen antrifft, so disputirt er. Der alte Ben Akiba Rabbi sagte mir wohl, daß schon ein langes Verzeichniß aller der Irrthümer, welche er im öffentlichen Gespräch geäußert, aufgesetzt sei, und ihm bei fernerem Verharren dabei ein schreckliches Schicksal bevorstünde. Ja, ist es nicht erwiesen, daß er zweien Christenmännern, welche gesonnen waren, in den Schooß der alten Kirche zurückzukehren, von ihrem Vorhaben abgerathen hat? Kann es dafür, daß er selbst seinen Schritt bereut, ein deutlicheres Zeichen geben?« – »O leg' ihm das besser aus!« bat der zweite Bruder; »wie sehr auch jene Abmahnung mit seiner eigenen Handlungsweise im Widerspruche zu stehen scheint, so bescheid' ich mich doch, daß ich zu schwach bin, seine Absichten zu fassen. Wir sind Alle nicht im Stande, uns in den Zustand seiner Seele zu versetzen. Er ist uns an Geist, Kenntnissen, ja selbst an Erfahrung in jedem Stück überlegen.« – »Auch mag seine Liebe zur Judith Manasse,« fiel Eliezer ein,

»dazu beitragen, seine Gedanken etwas in Unordnung zu bringen. Da aber seine Bewerbungen, wie ich höre, günstig ausfallen, so kann es nicht fehlen, daß er bald in seine gewohnte Stimmung zurückkehrt.« Hier richtete sich Esther langsam auf und sah ihre Söhne mit durchbohrenden, fast gespenstischen Blicken an. »Judith Manasse?« sagte sie feierlich; »ich schwöre Euch bei dem ewigen Gott, die wird ihn zu Grunde richten. Die Launen dieses sonderbaren Mädchens können Uriels Phantasie wohl eine Zeitlang beschäftigen, aber er wird ihres Wesens bald müde werden und wie ein Verzweifelter untergehen; dann reißt er mich und euch und seine Schwester in's Grab nach; der große Gott, der jede Nacht zu mir im Traume spricht, ließ mich dies schon Alles deutlich voraussehen. Ich träumte, ihr waret noch alle sehr jung und ich führte euch hinaus in die Berge von Porto. Wie wir da so einsam waren, erhellte sich plötzlich die Gegend, und ein wunderbares Schloß stand vor uns, in Sonnennebel eingehüllt, und drinnen wie von tausend Sonnen erleuchtet. An dem Thor aber ließ sich eine herrliche Frau in himmelblauem Kleide blicken, die rief euch mit schmeichelnden Worten zu, bei ihr einzutreten. Aber nur Uriel verstand, was sie sprach. Er eilte zu ihr hin und sie schloß ihn in ihren Arm. Doch nun währte es nicht lange, so hörte ich aus dem Schlosse ein klägliches Wehklagen; es war Uriels Stimme, der bald auf der höchsten Zinne erschien und flehend, wie im letzten Todeskampfe, seine Hände nach uns ausstreckte. Er rief: Mutter, Joel, Eliezer, Ruben! der doch damals noch gar nicht geboren war. Ich wollte ihm zu Hülfe eilen, aber im Augenblick verschwand das Schloß und ich hörte nichts mehr als sein klägliches Rufen, das immer herzzerschneidender wurde. In meiner fürchterlichen Angst lief ich der Stimme nach, aber ich sah nichts, bis es Nacht wurde und ein jäher Abgrund mir und euch das Leben nahm.«

Noch hatte sich Esther von der Aufregung, in die sie die Erzählung dieses Traums versetzte, nicht erholt, die Brüder blickten mit Schrecken in das Antlitz ihrer todesbleichen Mutter, als die Thür sich öffnete, und Uriel hereintrat. Es war eine hohe, herrliche Gestalt, vom kräftigsten und ebenmäßigsten Gliederbau, das Antlitz dunkel und mit vollem Barte bedeckt, die Miene ernst, verschlossen, nur selten von einem Zucken um die Mundwinkel überrascht, aber das Auge matt, in sich zurückgezogen. Das phantastische, ritterliche

Gewand vermehrte die edle Haltung und den Anstand, der seinem Benehmen angeboren schien. Uriel wußte nicht, was seinem Eintreten unmittelbar vorhergegangen war; aber die aufgeregte Stimmung, in der er seine Familie antraf, war ihm willkommener, als hätte man sich ihm mit ruhiger Erwartung oder gar mit vorbereiteten Fragen genähert. Die Spannung war ihm lieb, denn sie gab ihm ein Recht, sich still auf einen Sitz zu begeben, den das Licht nicht erhellte, seinen weiten Mantel um sich zu schlagen, und ohne Gruß oder Danksagung auf einen gebotenen in seinem dumpfen Brüten fortzufahren.

Ruben näherte sich ihm zuerst und zerrte gleichsam kindisch an dem Riegel, der sein Benehmen verschloß. Die Uebrigen suchten durch Töne, die sie absichtlich, dies oder jenes im Zimmer verschiebend, hervorbrachten, die ängstliche Stille zu unterbrechen, denn sie litten sichtlich an dieser Pein der Ungewißheit, ob sie gleich nicht wagten, sich geradezu an die Ursache ihres Kummers zu wenden. Uriel, der ein so feines Ohr hatte, daß er die Pulse in seiner Familie klopfen hörte, war unfähig, seine Verstimmung bis zur Grausamkeit zu steigern. Er richtete sich auf, legte seinen Mantel ab, lüftete seine Kleider und nahm eine so freundliche Miene an, daß er Vieles dafür hingegeben hätte, wäre sie ihm natürlich gewesen. »Ihr wart vielleicht meinetwegen in Sorge,« begann er. »Es ist wahr, ich sollte nicht so lange ausbleiben; aber ihr wißt, wie sehr ich es liebe, mich auf einsamen Wanderungen mit meiner Seele zu beschäftigen.« Er näherte sich dem Tische und verschmähte die Erfrischungen an Obst und Südfrüchten nicht, die ihm die Mutter anbot. »Ihr solltet euch nicht so abhängig von mir machen,« fuhr er fort; »denn ich bin ein mürrischer Mann und nicht dazu geschaffen, jemanden glücklich zu machen. Ich sollte nur ein Geschäft haben, dann würden meine religiösen Händel eure Aufmerksamkeit nicht so erregen. Was kümmern euch diese Streitigkeiten, welche neben euren und meinen Schicksalen nur so nebenher laufen und Niemanden von uns in den Weg treten können? Auch habe ich mich entschlossen, alle diese Zwistigkeiten von mir zu weisen. Ich will sehen, ob es mir nicht gelingt, selbst meinen Geist von einer Unruhe, welche völlig fruchtlos ist, zu befreien. Warum beraube ich mich des Glückes, in ruhiger, ungestörter Gemeinschaft eurer Freuden zu leben? Ich ritze mir selbst die Seele wund und mache, daß alle meine Geistesthätigkeiten in fortwährendem Fieber liegen. Ja, ich gestehe euch, daß ich oft nicht weiß, ob ich mich meines Unglücks nicht eher zu schämen, als zu trösten habe.« Er hielt einen Augenblick inne in diesen Geständnissen und genoß vielleicht selbst die seligen Gefühle, welche er damit in den Seinigen hervorrief. Dann fuhr er fort: »Ich weiß wohl, daß die menschliche Seele niemals ihren Mittelpunkt finden kann, außer in Gott, und daß sie, so oft sie von selbst einen solchen gefunden zu haben glaubt, von Gott immer am entferntesten ist. Ich fühle es, wie nahe ich dem Tode bin, wenn ich glaube, das Leben ergründet zu haben. Meine Unruhe hat keinen Grund, oder ich muß gestehen, daß es meine Schwäche ist, die mich martert. Wie oft schuf ich dem Schöpfer schon seine Welt nach, und wie oft riß ich sie wieder nieder, um sie auf's Neue zu bauen! Das scheint mir jetzt der Fluch jener abgefallenen Geister zu sein, welche in ihrem noch seligen Zustand beauftragt waren, dem Herrn bei der Weltschöpfung zur Hand zu sein. Sie wandten sich von dem Meister ab, und nun quält sie das brennende Verlangen, ihm es nachzuthun. Das Ansammeln von Gedanken, von denen sich einer aus dem andern spinnt, ist überhaupt mehr eine Versuchung, als eine Benutzung göttlicher Kräfte; denn es ist mir noch nie geworden, Freude an dem Gewonnenen zu finden, es sei denn, daß ich gerade jenes bestätigt fand, was ich mit meinen Gedanken zertrümmern wollte. Ich fühle, wie wohl es thut, in eurem Kreise zu leben.« Diese Gedanken, welche schon oft allein im Stande waren, ringenden Genien einen augenblicklichen Frieden wiederzugeben, verfehlten auch auf Uriel ihre Wirkung nicht. Es ist jene Ideenfolge, welche starke Seelen immer einschläfert, weil sie nur im Zustande der Ermüdung eintreten kann. Uriel setzte sich heiter in den Kreis der Seinen, und beobachtete lächelnd, wie die Mutter, die ihre freudige Beruhigung gern noch hinter einem kleinen Einwurfe versteckt hätte, durch einen ernsten, gleichsam unwilligen Blick von seinen Brüdern in die Schranken gewiesen wurde. Unter vertraulichem Gespräch zog sich der Abend diesmal bis nahe an die Schwelle der Mitternacht.

Kaum graute der Morgen, als sich Uriel schon von seinem Lager erhob. Er fand im Hofe seinen Diener damit beschäftigt, sein Pferd anzuschirren, schwang sich dann auf und ritt durch die noch stillen Straßen von Amsterdam. Obgleich die Stimmung des gestrigen

Abends noch einige Töne in seinem Innern nachklingen ließ, so konnte er doch nicht umhin, da er bei der Judensynagoge vorüberritt, gleichsam wie zum Morgensegen einige Verwünschungen gegen sie auszustoßen. »Was dürfte dem Himmel angenehmer sein!« setzte er hinzu und spornte sein Pferd, daß er diesem verhaßten Bereiche entkam. Dem Thore sich nähernd, hielt er öfters an und warf in die hier auslaufenden Straßen spähende Blicke, als ob er jemandes wartete. Doch wie er das Thor erblickte, sah er, daß sein Vetter Ben Jochai sich schon früher zu ihrem Stelldichein eingefunden hatte. Ben Jochai war jünger als Uriel, kleiner von Wuchs, die Gesichtszüge zusammengedrängter und orientalischer, in seinem ganzen Wesen lag viel freiwillige Unterwerfung, vielleicht mehr, als hinreichend war, um Vertrauen zu erwecken. Er verneigte sich tief gegen Uriel und nahm die ihm dargebotene Rechte mehr als eine unerwartete Herablassung an, denn als die freundschaftliche Begrüßung eines Gleichgestellten, geschweige eines Verwandten. Uriel, dreisten und unverschlossenen Sinnes, verwies ihm, indem sie fortritten, diese seine Zögerung und nannte sie Mangel an Zuvorkommenheit. Aber Jochai lächelte bescheiden und sagte: »Theurer Vetter, es ist eine zu kurze Zeit, daß mir vergönnt ist, in deiner Nähe zu sein. Du warst schon lange in Holland, ohne daß ich mehr von dir erringen konnte, als die ausdruckslose Begrüßung eines Verwandten, der älter und weiser ist, als ich. Jetzt haben dir aber günstigere Verhältnisse mein brennendes Verlangen, von dir Freund genannt zu werden, erst seit Kurzem verrathen, und ich fühle, daß es, wie sehr ich dich liebe, doch immer noch eine Scheidewand gibt, welche mich, wenn auch nicht von deinem Herzen, doch von deinem Geiste, deinen hohen Einsichten und deinen Tugenden trennt.«

Uriel entgegnete: »Das gelte nicht, lieber Vetter! Du hast mich dir verpflichtet durch Aufopferung und durch Unterstützung in meinen theuersten Planen, und ich weiß, was ich dir Alles dafür zu geben schuldig bin. Diesen Morgen habe ich dazu erwählt, dich in meine Verhältnisse, die dir zum Theil noch unbekannt sein müssen, tiefer blicken zu lassen. Sieh, die Sonne ringt sich drüben aus den Nebeln los. Sei dies ein Zeichen, daß nur reine, lichte Wahrheit über meine Zunge kommen soll.« Uriel ließ die Zügel seines Pferdes tiefer gleiten und begann folgende Mittheilung: »Vor allen Dingen

höre das Wichtigste, lieber Vetter: ich bin ursprünglich im Christenthum geboren, erzogen, und habe länger als zwanzig Jahre darin
gelebt. Mein Vater Acosta, ein Jude, veränderte seinen Glauben, ich
weiß nicht, ob dazu gezwungen, oder durch Vorspiegelung solcher
Ehren, wie sie ihm später wirklich zu Theil wurden. Er kam in genaue Berührung mit dem Hofe von Portugal und wurde sogar in
den Ritterstand erhoben. Seine großen Reichthümer mögen hiezu
die meiste Ursache gegeben haben. Ich war gleichsam dazu bestimmt, die gute christliche Ueberzeugung meiner Eltern recht an's
Licht zu stellen; denn ich sollte mich, wenn auch nicht dem geistlichen Stande, doch einer verwandten christlichen Wissenschaft,
hauptsächlich dem canonischen Rechte, widmen. Mein angeborner
Hang zur Erforschung religiöser Wahrheiten kam dieser Bestim-
mung zur Hülfe; ich saß Tag und Nacht über den Schriften, in welchen das Christenthum gelehrt wird, und war diesem Glauben so
hingegeben, daß ich ihm selbst da noch treu blieb, als mein Vater
starb und sich in meiner Familie die Sehnsucht nach ihrer alten
gewohnten Weise, oder wie sie es nannte, das Gewissen regte. Ich
betrieb das Rechtsstudium mit regem Eifer und wurde in meinem
zweiundzwanzigsten Jahre der Hauptkirche von Porto als Schatz-
meister beigesellt. Doch bald ließen die näheren Berührungen mit
den Wortführern der christlichen Lehre meine Liebe für sie erkalten,
und wie ich denn immer so schwach bin, die Wahrheit einer Sache
mit der Lüge ihrer Vertheidiger zu verwechseln, so entschloß ich
mich, zu dem Glauben meiner Vorväter zurückzukehren.«

Ben Jochai richtete, vielleicht unwillkührlich, bei dieser Stelle einen scharfen Blick auf Uriel, den dieser sogleich verstand und fort-
fuhr: »Du wunderst dich, lieber Vetter, daß ich meinen Entschluß,
zum Gesetze zurückzukehren, durch meine Schwäche herunterzu-
setzen scheine. Doch wollte ich nur sagen, daß sie mir den ersten
Anstoß gab, am Christenthum zu zweifeln. Wie sehr ich mich mit
Jesus, dem größten Juden aller Zeiten, befreundet hatte, so sah ich
doch bald ein, daß es niemals in seiner Absicht liegen konnte, den
Dienst Jehovas, den er seinen Vater nannte, zu stürzen und dafür
seinen eigenen aufzubauen. Ich überzeugte mich, daß die Schriften
des neuen Testaments mit Unrecht zu der Ehre gekommen sind, die
Grundlage eines neuen Glaubens sein zu sollen, sondern daß sie für
nichts mehr oder weniger gehalten werden dürfen, als für eine Er-

scheinung des ersten Anstoßes, den Jesus gab, und welcher ebensowenig für die Erforschung der Wahrheit verloren gegangen ist, als die Entdeckungen eines Pythagoras, Moses und Sokrates.«

»So schloß ich weiter,« fuhr Uriel fort, »und riß zuvörderst das historische Gewand von der Christuslehre; denn niemals wird dem die Wahrheit sichtbar werden, welcher sich über die Begünstigung, welche der Irrthum so oft von der Zeit, dem Orte, von weltlicher Macht, von dem Zeugnisse darauf gebauter Einrichtungen empfängt, nicht gänzlich hinwegsetzen kann. O wie frei athmete ich damals auf, wie schien mir plötzlich Alles eine andere Gestalt angenommen zu haben! Wie erhaben fühlte ich mich, seit ich den Muth gehabt hatte, dies ganze Gewirre von Satzungen, Parteigezänk, von weltlichen und geistigem Pomp, von kecker Anmaßung der richtigen Meinung und von Verfolgung für Nichts zu halten! Meine ganze Familie kehrte damals gemeinschaftlich mit mir zum jüdischen Bekenntniß zurück, und da wir nicht hoffen durften, unter diesen Umständen in Portugal gesichert zu sein, da zumal die Inquisition das erste Geschenk war, welches die spanische Herrschaft der mit ihr vereinigten portugiesischen brachte, so verließen wir die Heimath und kamen zu Euch, wo wir liebevolle Aufnahme fanden.« Uriel hielt hier inne, denn er fühlte wohl, daß er sich schwierigen Geständnissen nahte. Er mußte entweder von dem so eben Zugestandenen Vieles zurücknehmen, oder sich selbst einer auffallenden Unbeständigkeit anklagen. Ben Jochai strich die Mähne seines Pferdes; doch schien sich hinter dieser Unbefangenheit seine lauernde Erwartung zu verstecken. »Nun weißt Du ja, lieber Vetter,« fuhr Uriel endlich fort, »was mir fernerhin Alles begegnet ist. Die ganze Gemeinde ist davon voll, und ich muß sehr fürchten, daß sie in ihrem Eifer schon gegen mich Partei genommen hat. Was ließ sich natürlicher voraussehen, als die Ketzerei, deren man mich beschuldigt? Ich kam bald auf den Gedanken, ob es denn, um meine Abneigung gegen das Christenthum zu beweisen, nöthig war, daß ich Jude wurde? Hatte ich mich nicht von einem Symbol an das andere verkauft, von einer Ceremonie an die andere, von einem Zwange an den andern? Ach, das schnitt tief in meine Seele ein, denn der Trank, den ich gegen genossenes Gift an meine Lippen setzte, war eben so zerstörend, als der frühere. Es war nicht mehr Zweifel, sondern Haß gegen das Göttliche, der mich ergriff. Ich klagte den

Himmel an, daß er sich der niedrigsten, elendesten, materiellsten Stützen bediente, um in die Herzen der Menschen einzusteigen, und ergab mich zuletzt einer dumpfen Gleichgültigkeit, von der ich glaube, daß sie gegen Alles schützen könnte. Ich zog mich von der Gemeinde zurück; doch der unglückliche Wahn, in mir ein erwähltes Werkzeug der Jehovalehre gefunden zu haben, bestimmte diese, mich immer aus meinem Versteck wieder hervorzusuchen. Ich sollte die Anwaltschaft für das jüdische Gesetz übernehmen, bald in Schriften, bald in öffentlichen Disputationen, bald gegen Christen, die sich dem Judenthum zuwenden wollten. Mein Herz ist der Lüge Feind, ich schwieg, wenn meine Gegner die Rabbinische Tradition angriffen, ich erklärte sogar, niemals eine Moral des Eigennutzes vertheidigen zu können. Der Bruch mit der Synagoge wurde immer sichtlicher. Man brach in meine Wohnung, raubte die Papiere, welchen ich meine zitternden, schüchternen Gedanken anzuvertrauen wage, Gedanken, die ich nicht aufzeichnen würde, wenn ich sie für schon ausgemachte Wahrheiten hielte; man übergab sie dem Arzte de Silva, meinem ehemaligen Freunde, der entschlossen sein soll, sie durch eine öffentliche Schrift zu widerlegen. So werde ich, ohne es zu wollen, in einen harten Kampf verwickelt, den ich nicht bestehen kann, weil ich ohne alle Rüstung bin. Denn fragst du mich, welches mein Ziel, mein Letztes, das ich trotz aller Martern nicht lasse, so bricht mein Leid in die Klage aus, die im Raum und in der Zeit Alles um mich her stöhnt, und die mich unaussprechlicher verzehrt, als die Widerwärtigkeiten mit der Synagoge. Es läßt sich nichts unwiderruflich festsetzen: ich weiß nichts, lieber Vetter.«

Ben Jochai war offenbar in Verlegenheit gerathen; man wird es immer, wenn die Aufrichtigkeit eines Helden plötzlich in jene Rührung übergeht, welche Zuspruch zu verlangen scheint, und den man doch nicht zu geben wagt. Noch dazu war er darauf vorbereitet, daß sein Vetter in das Lob des Christenthums ausbrechen würde; ja er glaubte nach einigen Augenblicken, sich doch nicht in seiner Rechnung betrogen zu haben, und wandte sich zu Uriel: Unter solchen Umständen muß natürlich deine alte Liebe zum Christenglauben wieder in dir erwachen, und ich glaube, du würdest glücklich werden, wenn du einzig der Eingebung deiner Neigung und deinem Muthe, den ich nicht in Abrede stelle, nachgäbest.«

Doch Uriel winkte mit der Hand, und ohne zu ahnen, daß sein Vetter wie im Tone des Versuchers zu ihm gesprochen hatte, flüsterte er heimlich, als wenn er sich des Bekenntnisses schämte, aber doch mit ganzer Seele: »Ich hasse die Christen!« gab seinem Thiere die Sporen, und schien eine weite Strecke lang nur mit dem schnellen Hufe seines Rosses beschäftigt zu sein.

Doch jetzt entfernten sich die Reiter von der großen Landstraße und bogen in einen Seitenweg ein, der sie ihrem Ziele näher führen mußte. Vielleicht kam Uriel dadurch in eine ruhigere Gedankenverbindung und hätte gern das Unvermeidliche fallen lassen; doch Jochai hatte die Pause benutzt, um eine Trostrede zusammenzusetzen, wie sie großen Situationen gern nachzuhinken pflegt.

»Obschon sich nicht erwarten läßt,« sprach er, daß du auf die Synagoge mit Veränderungen wirken kannst, so wird sie sich zuletzt doch entschließen müssen, dich deinen eigenen Weg wandeln zu lassen. Du bist schon weit berühmt in diesen Ländern, und wenn gleich der Ruhm das am leichtesten Antastbare ist, so ist der Synagoge doch nicht gegeben, dich zu erreichen. Du wirst die glücklichsten Tage verleben, wenn erst Judith deine Gattin ist und sie alle ihre wunderbaren Reize, die jetzt noch ihres Vaters Haus verschließt, in dem deinigen entfalten kann.«

Diese Wendung war wirksamer, als der Anfang in Jochais Beruhigungsworten. Uriel sah freudig auf, ritt seinem Vetter näher und sprach mit Entzücken: »Dem theuern Weibe so nahe, nimmt mir die Welt eine andere Gestalt an. Kann auch das, was häßlich ist in meinem Leben, nicht zur Schönheit sich plötzlich umwandeln, so fühle ich doch, wie geringfügig es ist, und hüte mich, Gedanken daran zu verschwenden, die ich in dem Augenblicke nur meiner Liebe entzogen glaube. Noch begreife ich nicht, Vetter, wie du mir deine Rechte auf Judith so ohne Schwierigkeit abtratest.«

Jochai lächelte und entgegnete: »Obgleich mich schon die Wiege zu Judiths Verlobten machte, so gelang es mir doch in reiferen Jahren nie, mich in mein Recht einzusetzen. Ich überließ es dir, weil ich dich liebe und dein Leiden um die Angebetete mir Mitleid einflößte. Ich konnte auch Judiths Verlangen nicht besser stillen, als wenn ich dir den Paß erleichterte. Ich freue mich nun, euch glücklich zu sehen.«

Uriel reichte ihm die Hand und sagte: »Deßhalb hast du mich auch zu deinem ewigen Schuldner gemacht. Einen treuern Boten und uneigennützigeren Zwischenhändler, wie sie jede Liebe verlangt, habe ich nicht finden können. Verzeihe mir's, daß ich dich heut zum Lohne mit so vielen trübseligen Geschichten bedachte!« Aber Jochai hörte nicht darauf, und wie in Vergessenheit versunken, sprach er vor sich hin: »O Judith ist schön!« Uriel fühlte, wie seine gesteigerte Sehnsucht das Echo dieser Worte wurde und lauschte entzückt, wie Jochai seinen heimlichen Ausruf mehrfach wiederholte.

Die Sonne hatte schon weit über ein Viertel ihres Halbbogens zurückgelegt, als sich die Reiter dicht in der Nähe ihres Zieles befanden. Das im besten Style für die damalige Zeit gebaute Landhaus des reichen Juden Manasse Vanderstraten schimmerte ihnen durch Boskete und Alleen entgegen; in kurzer Zeit hatten sie die Zugbrücke des Grabens, der noch ziemlich feudalistisch das moderne Schloß umgab, erreicht, und ritten in den Hof ein. Dieser so frühe Besuch war eine Ueberraschung; doch bald waren die zerstreuten Glieder des Hauses auf einem Punkte, Judith in den Armen Uriels, der alte Vanderstraten im Handelsgespräche mit Ben Jochai. Es war eine kindische Vorbereitung, mit der die beiden Liebenden die Festtage ihres Zusammenseins zu beginnen pflegten; denn als sie die Orangerie erreicht hatten, welche dicht am Hause in die hinten liegenden Gärten führte, setzten sie zuerst ihren Schmuck und die äußern Auskleidungen ihrer Schönheit zurecht: Uriel, der jede Kette, jede Haarschnur, das Stirnband, die Ohrgehänge, den Gürtel, Alles unübertrefflich und ganz angemessen fand dem dunkeln, in langen Locken fallenden Haar, der majestätischen Stirn, dem blendenden Nacken, den zahllosen Reizen, mit welchen Judith die kühnste Vorstellung von der griechischen Liebesgöttin übertraf; sie aber, der nichts recht war, weder die Halskrause, noch die Verschlingung der goldnen Brustkette, weder der Fall der Barettfeder, noch die Schleifen an den Schuhen, die ihr vor Allem pedantisch erschienen. Sie hatte viel an ihm zu stutzen und zu ordnen, ehe sie ihrer glühenden Küsse ihn für würdig hielt. Und Uriel war glücklich in diesem Spiele, seine Augen verkleinerten sich, als wäre der Horizont seiner Seele viel zu weit für diese stille Freude, er gab sich der Arglosigkeit dieses Genusses, den sonderbaren, liebenswürdi-

gen Einfällen Judiths, ihren Launen, ihrem kindischen, verstandlo-
sen Geschwätz, dem ganzen Wahnwitz einer so jungen Liebe hin,
mit derselben schwelgerischen Entwaffnung, die ihr empfindet,
wenn eine zarte Hand in eurem Haare wühlt! Warum läßt sich für
die unbelauschten Genüsse der glücklichen Liebe keine Schilderung
finden! Man würde Aphrodite beleidigen, lauschte man an dem
Zelte des Achilles, wie Briseis ihm den Helm und Harnisch nimmt
und unter Kosen und Lachen über den Schrecken der Schlacht einen
Triumph des verliebten Scherzes nach dem andern feiert.

Ueberfälle der Liebenden gelangen nur, wenn sie mit List ver-
bunden waren, und da sie zur Vorsicht keine Zeit hatten, so wurden
sie oft überlistet. Sie mußten dann an den Gesprächen der Uebrigen
Theil nehmen, auch an ihren Mahlzeiten, mußten Antworten auf
Fragen geben, die man eifrig an sie richtete, und doch thaten sie
Alles dies nur im dämmernden Bewußtsein. Sie träumten, indem sie
Vanderstratens weit hergewanderte Fasanen aßen und die herr-
lichsten Seefische bald ausschlugen, bald nach ihnen verlangten.
Judith hielt Alles für eine widerliche Störung und fand einen Gang
der Gerichte ihres Vaters mißrathener als den andern. Sie warf mit
Brodkugeln nach ihren Verwandten und behauptete, sie hätten auf
ihre Bärte heute nur geringe Sorgfalt verwendet. Die Weine ihres
Vaters gab sie für verfälscht aus, und wenn man sie mit vielen Fragen behelligte oder ihre Schönheit pries, so schrie sie auf und nannte sich das unglücklichste Wesen, das am Ufer des Meerbusens IJ
wohne. Kurz, sie war so liebenswürdig, daß Uriel verstummte und
sie kaum anzusehen wagte, weil er fürchtete, das, was ihn bezau-
berte, zu zerstören. Endlich waren sie wieder allein und wandelten
mit verschlungenen Armen durch die schattigen Gänge des Parks.

Sollte ich mir einen Ort wählen, wo ich am liebsten mit der Köni-
gin meines Herzens zärtliche Zwiesprache hielte, so führte ich euch
hinaus aus den Städten, in grüne Wälder und zeigte euch jenen
lachenden, weißen Schimmer, der von einer einsamen Villa durch
die flüsternden Zweige fällt. Was braucht ihr, um zu wissen, daß es
sich hier friedlich lebt, mehr als jenes schlanke Reh, das ohne Scheu
durch die halbgeöffnete Pforte in den Hof schlüpft, während ihr
Anstand nehmt, ihm zu folgen? Höchst royalistische, aber auch
höchst poetische Sitze, in die Frankreichs Heinriche ihre Dianen von
Poitiers einschlossen! Die Göttin Langeweile ist die Haushofmeiste-

rin jeder Villa, welche dazu bestimmt ist, dem Geschäftsüberladenen, dem Denker, der Sommerlust oder gar der sogenannten Freude an der schönen Natur zum Asyl zu dienen. Nur für die Liebe sind sie geschaffen, diese stillen Plätze mit ihren langen Fenstern, ihrer weitschallenden Thurmuhr, ihren Orangerien, Springbrunnen, Teichen, Schwänen, mit ihren Grotten, chinesischen Tempeln, Statuen, mit all diesen reizenden Geschmackwidrigkeiten, welche aber dann nur noch einem Gärtner, einem Koch und einer alten Hausmagd zugänglich sein dürfen. Die Liebe braucht mehr als die gewöhnliche Zeit, um vollkommen zu genießen, sie braucht Langeweile, Anreizung zum Schlaf, tausend gähnende Herausforderungen, um zu wachen, sich zu kurzweilen und zu küssen. Darum war auch Uriel so glücklich unter den Tempelchen und Grotten und Götterbildern, die des alten Vanderstraten elender Geschmack hier aufgehäuft hatte. Beide, Uriel und Judith, bedurften jener wasserspeienden Delphine und geschwätzigen Cascaden, welchen sie auf Stunden übertrugen, das zu murmeln, was sie selbst verschwiegen, nur in den Armen sich haltend und treue Blicke wechselnd. Das einförmige Rudern langweiliger Schwäne war ihnen, die sie kaum ihren Athem hörbar machten, wie der laute Flügelschlag der äußern Welt, die sie nicht mehr kannten und kennen wollten. Das Leiseste schreckte sie auf, und so heimlich sprachen sie, als ob sie fürchteten, das schweigende Laub aus seinem Schlummer zu stören. Schon näherte sich der Abend, der Sonnenschein sprang höher hinauf in die Wipfel der Bäume, eine prosaische Allee, die, indem sie die Bedürfnisse der Liebe nicht kannte, in schnurgerader, tugendhafter Linie zum Schlosse führte, brachte sie in den Kreis der versammelten Gesellschaft zurück. Ben Jochai kam ihnen mit dem unverschämten Lächeln der Vertraulichkeit entgegen, und ein gemeinschaftliches Gespräch, herumgereichte Früchte und Weine hatten sie bald an den schwachen elektrischen Faden angekettet, der die verschiedensten Personen hier zusammenhielt.

Da wurde im Hofe unerwartetes Geräusch hörbar. Ein Diener kam in den Gartensaal hereingestürzt, um die Ankunft einer sonderbaren Gesellschaft zu melden. Diese folgte ihm auf dem Fuße: Männer mit langem Talar und ungeschornem Barte, Rabbiner und, wie man mit Schrecken sah, Abgeordnete der Synagoge traten schnellen Schrittes herein und warfen spähende Blicke auf die, welche sie hier versammelt fanden. Was konnte ihnen erwünschter kommen, als daß Uriel, nichts Gutes ahnend, aufstand und ihnen entgegenschritt? Denn ihn suchten sie.

»Wehe, wehe!« riefen alle eintönig, und der mit dem Worte Beauftragte fuhr mit schreckhafter Geberde und in dumpfem Tone fort: »Wehe diesem Hause, daß der pestartige Aussatz des Fluches, den die Kirche über einen ihrer entarteten Söhne verhängen muß, sich durch seine Mauern verbreitet! Dir aber gilt der Fluch, *Uriel Acosta*, meineidiger Verräther an dem ewigen Gesetze des ewigen Gottes, Schützling der abgefallenen Engel und geheimes Werkzeug der gottlosen Feinde Jehovas und der Spötter! Lange genug ertrug Jehova, wie dein lügenhafter Geist sich in immer neuen Schmähungen seines Namens überbot. Du hast kein Mittel gescheut, den göttlichen Bau des Gesetzes zu untergraben und zur Verspottung deines Glaubens geborgt die falschen Künste und Lehrmeinungen von allen Völkern, die meisten aber von den Christen. Ein weiser Gelehrter, Judas de Silva, hat deine Zweifel für gefährlich erklärt und in musterhafter Schrift nachgewiesen, daß du mit ihnen die äußerste Strafe über dich verhängt hast. Die Langmuth des Himmels ist zu Ende. Wir sind mit dem elenden Auftrage hier, dich in die geistliche Acht zu erklären und den Fluch Gottes über dich auszusprechen. So versenge das Gras unter deinem Fuße und die Luft weiche bebend vor deinem Munde zurück, wie man einen Aussätzigen flieht! Gelobt sei Gott! In den Leib des Weibes, das dich geboren, fahre Siechthum, deine Brüder werden dich meiden wie böse Ansteckung, und deine Schwester wird dir einen Stein reichen, wenn du vor Hunger verschmachtest. Gelobt sei Gott! Das schmutzige Thier, das wir verachten, wird dir nachlaufen, und jedes Wasser, in dem du dich reinigen willst, wird sich vor deinen Augen trüben. Gelobt sei Gott! Die Gebrechen des Alters werden dich früh belasten, und ein sieches Leben wirst du lange fristen, Jahre lang wird der Todesengel an deiner Kehle schnüren und deine Gebeine werden schon in Staub zerfallen, noch ehe du gewaschen bist. Deinen Bitten wird der Himmel sein Ohr verschließen und eher dem verzeihen, der seinen Vater erschlug, als dir, den Gott durch der Kirche Mund verflucht hat!«

Diese Verwünschung erschütterte Uriel weniger als die Wirkung, welche sie auf die Versammelten hervorbrachte. War er bei den ersten Worten des Rabbiners noch zweifelhaft, ob er diesen unverbesserlichen Fanatismus mit der gleichgültigen Miene eines Erhabenen aufnehmen sollte, verglich er noch einen Augenblick den lächerlichen, ich möchte sagen hohnlächerlichen Kontrast, in welchem die Natur und die Einfachheit des Glücks, das er eben genossen, zu jener, auf so viel unnatürliche Voraussetzungen gebauten Autoritätsanmaßung stand, so erblaßte er, als er seine Umgebung auseinanderstieben sah, und hielt sich wankend an einer laubumrankten Säule fest. Noch ehe der Fluch zu Ende war, waren schon alle Uebrigen von ihm mit Entsetzen zurückgewichen; Vanderstraten riß seine bebende Tochter zu sich heran, und sie leistete keinen Widerstand; Jochai zog sich zurück, um jede Verlegenheit, in die sein Aberglaube, seine Furcht und seine Freundschaft gerathen konnten, zu vermeiden. Uriel streckte flehend die Hand aus nach Judith; aber sie war zu schwach, um die Möglichkeit, an des Verfluchten Seite zu verwesen, herauszufordern; sie wies ihn mit Entsetzen zurück. Uriel stand vernichtet, alle mit Mühe zurückgedämmten Mißlichkeiten seines Lebens fielen eisenschwer auf ihn nieder, er athmete kaum und schwieg. So blieb er einen Augenblick, dann schien ihn eine plötzliche Wuth zu erfassen, er ballte die Faust, die Adern des Halses schwollen an, ein Schrei der Verzweiflung und der Drohung erstickte in seinem Munde, und mit wüthenden Geberden stürzte er fort. Er flog in den Hof, riß sein Pferd aus dem Stalle und sprengte ohne Sattel davon.

Wer Uriel in der Dämmerung über die Straße stürmen sah, ohne Hut, mit fliegendem Haar auf dem schweißtriefenden Rosse, das er unausgesetzt mit seinen Sporen stachelte, mußte ihn für einen Dämon der Fabel, einen König der Heide halten, der funkenstiebend durch seinen Zauberkreis flieht, um die Nacht zu erreiten, oder für Orestes, der den Muttermord eben vollzog und die Furien hinter sich die brennenden Fackeln schwingen hört. Bäume, Hügel, Seen glitten nebelhaft an Uriels Blicken vorüber; er wollte nichts, als das Nichts, das Oede, die Leere, Gedankenlosigkeit, Vergessen. Aber des Thieres Kräfte reichten nicht aus, es mäßigte endlich keuchend seinen Schritt und an Uriels Ohre hörte es auf, in's Leere zu sausen. Die Dinge flogen nicht mehr, er sah, daß Alles stand und nur auf ihn wartete, ob er herankäme. Der Mond stand über ihm, die Bäume warfen lange, schweigsame Schatten, ein Stern blitzte nach dem andern am Himmel auf. Er mußte inne halten, um sich auf Alles, was geschehen war, zu besinnen. Es schien ihm, als läge eine lange Vergessenheit hinter ihm und eine alte, trübe Erfahrung, die ihn betrog, äffe ihn auf's Neue. Aber verzweifelnd schlug er die Hände zusammen, als ihn die Täuschung verließ, und er wohl die ungeheure Last empfand, die noch die jüngste Stunde auf ihn gewälzt hatte. Er sah den Mond, diesen alten Wächter seiner Liebe, und es war ihm, als habe er nur Untreue erlebt, Verrath in Judiths treugeglaubtem Herzen. Dann aber fiel ihm ein, warum sie floh, als er flehend nach ihr winkte; die öden Priester klopften an seine Seele, ihre knöchernen Arme streckten sich von den Gräbern am Wege herauf, und Alles um ihn her rief mit dumpfer Grabesstimme die Worte des Fluches nach, die sie vorsprachen. Uriel zitterte; er spornte sein Thier, denn er war noch nicht im Stande, die ganze Last zu tragen. Die zunehmende, vom Mond erhellte Dunkelheit half ihm; sie nahm ihm den Horizont, sie umzog ihn mit weiter, wüster Leere, so daß seine Empfindungen zerfließen konnten in die Weite, ohne Störung, ohne Erinnerung an das, was nun nicht mehr ist, was Alles verloren ist. Er sah nun Judith nicht mehr allein, nicht mehr die Priester allein, sondern Alles und sich, den Verfluchten, den Ausgeschiedenen, den Geächteten. Er hatte mit dem Menschengeschlechte jetzt keine religiöse Gemeinschaft mehr. Was ihn unter andern Umständen nicht gestört hätte, das peinigte ihn jetzt, daß er für sich selbst die Verantwortlichkeit seiner Seele übernehmen mußte. Er fragte sich zweifelnd, ob er sich denn einen Tempel bauen dürfe? Ob nicht, wie einst in Jerusalem, feurige Flammen, aus der Erde kommend, seinen heidnischen Bau zerstören würden? Ob nicht der Himmel ein Ort sei, den sich nur der Glaube einer Gemeinde schaffe, und es vergebens sei, für sich, zu seiner eigenen Seligkeit, diesen Himmel zu beschwören? Ob Jehova gerechter sein werde, als die Juden, da er mit der Befangenheit eines irdischen Geistes oft um ihn herumgegangen wäre, an ihm gemeißelt und gedeutet hätte? Ob nicht Alles Verbrechen an ihm sei, und jetzt Alles gerechte Strafe? Seine Gedanken verwirrten sich, er verlor die Besinnung, und ohne zu wissen wohin, schwankte er auf seinem müden Thiere fort.

Ganz in der Nähe der Stadt hielt er endlich vor einem Hause, das Roß und Reiter wohl bekannt war. Uriel sah sich in der Gegend um; er irrte sich nicht, hier wohnte seine Schwester. Die Nacht war noch nicht ganz hereingebrochen. Ein linder Abendwind wehte herüber, der Mond erhellte den Hof, den Uriel betrat. Oben auf einer Terrasse erblickte er seine Schwester, die ihn freundlich begrüßte und zu sich hinaufrief. Ihr Gatte war auf einer langen Reise begriffen; wen sah sie lieber, als den unter ihren Brüdern, welcher ihrer Seele am verwandtesten war? Uriel fühlte die elektrische Wirkung einer so reinen und uneigennützigen Liebe, wie die einer Schwester ist. Er war unvermögend, mit seinem ganzen Elende sogleich dieses friedliche Herz zu überfallen; er setzte sich an die Seite seiner Schwester und drückte mit zitternder Hast ihre Hand.

»Ich schleiche mich wie ein Dieb bei dir ein,« sprach er leise, »und raube mir das, was du mir bald versagen wirst.«

Seine Schwester sah ihn fragend an. »Was drückt dich, Uriel?« sprach sie erstaunt; als sie aber seine verzerrten Gesichtszüge, das Zittern des Mundes, die starren Augen wahrnahm, sprang sie auf und fragte, was ihm zugestoßen sei. Uriel verlangte nur nach ihrem Kinde. Sie rief, und ihr Einziger, ein Knabe von sieben Jahren, eilte auf seinen Oheim zu, den er im Mondschein leicht erkannte. Entblößt eure Häupter! Dieser Knabe war *Baruch Spinoza*. Uriel nahm ihn auf seinen Schooß, und das göttliche Kind, gleichsam in dem Blicke des Dulders die Leiden ahnend, die späterhin es selbst trafen, unterließ, mit Fragen, die das Kind sogleich bereit hat, die feierliche Stimmung zu stören, in welche Uriels Seele versetzt war. Doch seine Mutter drang heftiger in Uriel, sie umschlang ihn bittend, sie mit seinem Geheimnisse nicht zu foltern. Aber der Geächtete wand sie seufzend von seinem Halse, indem er sagte: Berühre mich nicht, theure Schwester! Ich bin zu schmutzig und befleckt für deine reine Seele. Morgen in der Frühe mußt du den Priester in dein Haus kommen lassen, daß er die Spuren, die ich hier ließ, durch heilige Weihe tilge. Mich traf der Fluch der Synagoge: ich bin geächtet!«

Ein Schrei des Entsetzens entfuhr der Schwester, die auf einen solchen Schlag nicht gefaßt war. Uriel wollte gehen, aber sie umschlang ihn weinend und schwur, daß sie ihn nicht lassen wolle, ihren Bruder vor aller Welt. Uriel blickte sie fragend an, er dachte an Judith, die ihn verrieth, und sank vernichtet auf seinen Sitz zurück. Die Sprache versagte ihm, denn Wehmuth, Schmerz und Entzücken vermag kein Laut im gleichen Momente wiederzugeben. Seine Schwester erhob sich bald zu einer Höhe, von der sie seine ganze Lage überblickte, sie beschwor ihn, einen Entschluß zu fassen, er solle in ihrem Hause sicher sein, nicht versteckt, sondern öffentlich, sie wolle zu den Brüdern eilen und ihren Rath einholen; aber Uriel wehrte Allem, küßte sie und sprach entzückt: »Geliebte Schwester, deine Treue macht mich so unglücklich wie selig. Aber ich vergesse es, daß mich Judith vergaß; ich schäme mich, deine Liebe mit der Ihrigen zu vergleichen, du stehst wie eine Göttin vor mir! Doch ich bedarf der Einsamkeit, es würde meine Strafe nur vermehren, wenn ich euch unter meinem Rufe leiden sähe. Ich kehre nicht in die Stadt zurück, sondern ergreife noch in dieser Stunde meinen Wanderstab und ziehe in die Fremde hinaus; widersprich diesem Entschlusse nicht, ich litte zuviel, wenn ich bei euch bliebe.«

Die Schwester weinte und Baruch sah Uriel mit großen Augen an und fragte, wer ihm so bittere Leiden verursache? Uriel fühlte das Schneidende des Kontrastes zwischen dieser kindlichen, das Böse nicht ahnenden Unschuld und der fanatischen Karikatur, die ihn verfolgte, er lachte wild auf vor Schmerz und stieß die fürchterlichsten Drohungen gegen die Verächter der Natur und der Wahrheit aus. Er schritt auf dem Getäfel der Terrasse, die Hände gegen die Gestirne streckend, auf und ab und prophezeihte der Lüge und der Barbarei einen jähen Untergang. Als er aber erschöpft auf seinen Sessel niedersank, sagte ihm Baruch mit unerschrockener Miene den Spruch der Bibel: »Wer dir die eine Backe schlägt, dem reiche auch die andere.«

Uriel blickte ihn schweigend an, dann fragte er ihn, wo er diese Worte her habe? Baruch sagte: aus dem neuen Testament, das er griechisch lese. Uriels Auge glänzte vor Begeisterung, er schloß den Neffen in seine Arme und rief in lateinischen Worten: »Veniet alter, qui me major erit!« Die Thränen stürzten ihm aus den Augen, er wankte die Stiege der Terrasse hinunter und war bald in der Finsterniß verschwunden.

Man wird nach dieser Scene nicht begreifen können, wie das über unsern Helden ausgesprochene Verhängniß doch eine gänzliche

Zerrüttung seiner Willenskraft in ihm bewirken konnte. Rechnet man noch hinzu, daß der ihn verfolgende Akt von einer sogenannten gedrückten Kirche ausging, daß in den überall verbreiteten christlichen Formen und Gebräuchen ein jüdischer Bann fast spurlos sein mußte, so ist es auffallend, daß sich Uriel völlig der Illusion des Fluches hingab, nirgends festen Fuß faßte, sondern ohne Zweck und Ziel von einem Orte zum andern pilgerte. Allein wie lange konnte es währen, daß Judiths Bild in seiner Seele verschleiert blieb? Schon am nächsten Morgen nach dem Abschiede von seiner Schwester deckte er es in seiner vollen, strahlenden Pracht wieder auf und verlor zu Allem, was er schon verloren, jetzt auch den Muth. Die Ursachen seines Elends vertauschten sich: er litt mehr um Judiths Verlust, als um die Achterklärung, die ihn sonst nicht hätte verwirren können. Dann ließ er eine Ursache seiner Verfolgung in die andere spielen, er verwechselte ihre Aufeinanderfolge, und wie es trüben Gemüthern eigen ist, nahm er das Glück seiner Liebe bald wie eine Herausforderung, die er selbst ja dem Himmel hingeworfen hätte. Das gänzlich Uebermannende aber ist das Gefühl der unabänderlichen Nothwendigkeit. Dies klammerte und hakte sich in alle seine Empfindungen ein, so daß das Schicksal wie eine schwere Last auf ihm lag und er nichts Anderes für sich übrig glaubte, als zu dulden. Auch gibt es eine Art von Aberglauben, der sich nur bei Männern findet, welche über Vorurtheile sonst weit erhaben sind. Die fortwährende Beschäftigung mit der Religion stimmt das Gemüth, selbst das verneinende, aufgeklärte, zu einer unwillkührlichen Milde, die sich bis zu einem leise wurzelnden Aberglauben fortbilden kann. Da Uriel nicht zu den Philosophen gehörte, welche das vorhandene Gebäude von religiösen Satzungen mit einemmale umstoßen und nur das gelten lassen, was sie selbst dafür wieder aufbauen, da er gewohnt war, eine Meinung nach der andern zu prüfen und dabei den stufenweisen Weg des Zweiflers ging, so hielt sich sein Geist gleichsam fortwährend in einer Art religiösen Duftes, der ihn plötzlich übermannen und seiner spekulativen Waffen berauben konnte. Die Religion war stärker als er, da er sie nur in ihrem eigenen Interesse, nicht um sie zu leugnen, sondern um sie festzustellen, bekämpfte.

Wie aber so Vieles in eurem Herzen von äußern Umgebungen abhängt, so wirkten auf Uriel die verschiedenen Gegenden, welche er auf seiner Irrfahrt antraf, auf verschiedene Weise. War er auf einsamer Wanderung, auf sich selber angewiesen, so beherrschte ihn die Stimmung, welche wir eben schilderten; sah er große Städte, das Gewühl der Menschen, wie Alles in der Erzielung des eigenen Vortheils sich vertiefte, dann zog ihn dieser Anblick von seinem Trübsinne bald ab; seine Miene erheiterte sich und er war unschlüssig, ob er nicht wieder an diesem Lärm, an diesem Vertreiben des einen Tags durch den andern Theil nehmen sollte. Die alte Keckheit seines Geistes steckte in ihm wieder ihre Fahne auf, und muthige, männliche Gedanken zogen mit klingendem Spiel durch sein Inneres. Dann konnte er auflachen und mit spottendem Herzen ausrufen: »Alle diese Menschen, wie ich sie hier jagen und treiben sehe, was wissen sie von den geistigen und geistlichen Bändern, die unsichtbar um sie herumgelegt sind? Der Krämer wiegt seine Waare, der Kunde zahlt sein Geld, der Kärrner schiebt seinen Karren, der Landmann den Pflug, ein jeder ist übermäßig mit sich beschäftigt: sie scheinen in diesem Augenblick völlig unabhängig von einander; jede Zumuthung, die der Staat, die Kirche, die Wissenschaft an sie machen, muß ihnen lästig sein; sie haben sie auch ganz vergessen. Diese Menschen werden einmal einsehen, wie gering jene Gewalt ist, die heimlich ihre Fäden über sie ausspannt. Es wird eine Zeit kommen, wo sie mit ihrer Existenz so beschäftigt sind, daß sie sich weder auf die Kirche, noch auf einen Staat besinnen können, der Ansprüche auf sie machen will. Sie werden mit dem Kopf schütteln und die Fragen der Priester und Staatsmänner mit Lachen beantworten.«

Uriel war in der heitersten Stimmung, als er diese Worte vor sich hinsprach. Er lag nach einer schon zweimonatlichen Irrfahrt im Lande auf einer der äußern grasbewachsenen Schanzen, welche die Festung Arnheim umgaben, lang hingestreckt, den Kopf auf den Arm gestützt. Er hatte die freie Aussicht auf unabsehbare Felder, welche den Fleiß des Landmanns beschäftigten, auf die Landstraße, welche mit Karren und Fuhrwerken bedeckt war, auf den Rhein, dessen Strömung er sich zum Führer seiner Reise genommen hatte. Er verlor sich in seinen Gedanken, die diesmal alle wie von der Sonne beschienen waren. Als er wieder aufblickte, fesselten zwei Reiter, welche unten die Landstraße heraufzogen, seine Aufmerksamkeit. An dem einen derselben schien ihm Alles bekannt, Roß,

Haltung des Reiters, ja bald schwur er, daß dieser selbst Niemand anders als sein Vetter Ben Jochai sei. Er richtete sich auf und war unschlüssig, ob er den Wall hinuntersteigen solle oder nicht. Er strengte sich an, den Begleiter Jochais zu erkennen, einen jungen Menschen, der ungeübt auf dem Sattel schien und ängstlich auf den Huf seines Pferdes sah. Uriel war auf der Landstraße, ohne es zu wollen; er trat einige Schritte vor, so daß er den Ankommenden in die Augen fiel. Diese hielten inne; Uriel strengte seine Sehkraft an und erschrack, da ihn über Jochais Begleiter eine Vermuthung überfiel. Der junge Mensch kam dem Mißtrauen in diese Vermuthung zuvor, sprang vom Pferde und lag jubelnd an Uriels Halse. Es war Judith.

Lange währte es, ehe alle drei in den rechten Fluß der Mittheilung und des gleichgestimmten Gesprächs kamen. Die Schwierigkeit einer Aussöhnung war aber nicht mehr vorhanden; denn Judith, weinend und jubelnd, kosend und flehend, überschüttete Uriel mit einer Fluth der liebenswürdigsten Worte, die ihm jeden Vorwurf aus dem Munde nahmen. »Mein heißgeliebter Freund,« sprach sie, »verdiene ich wohl, die Hand zu küssen, die mich mit so treuer Liebe umschlungen hielt? O, warum weiß ich keine Strafe, die, ohne es doch selbst zu sein, dem Verluste deiner Liebe gleich käme! Mein ganzes Leben ist nun in deine Hand gegeben; denn so groß ist meine Reue, daß ich mir selber den Tod geben würde, wenn du mich an deiner Liebe das entgelten ließest, was ich an dir verbracht! Du hattest mich für zu schwach gehalten, Uriel, als daß ich eine Mittheilung deiner eigenthümlichen, nun verketzerten Gedanken hätte tragen können. Du mußt dies auch jetzt noch glauben, da ich in dem Augenblicke, als ich sie zugleich mit ihrer Wirkung zum erstenmale kennen lernte, alle Besinnung verlor. Doch du kannst nicht ungerecht gegen ein Weib sein, das in der Liebe Wunder vermag, sonst aber Alles anstaunt und für übermächtig hält. Warum verschlossest du mir deinen Geist? Warum zogst du mich nicht zu dir hinauf, Uriel! Du lebtest am Tage unter deinen Göttern, und wenn der Abend kam, ließest du dich zu mir, einer schwachen, kindischen Sterblichen herab. So zerschnittest du selbst das Band, das in jener fürchterlichen Stunde mich sonst unzertrennlich an dich gefesselt hätte. Wehe mir, ich Thörin! Ich wälze die Schuld auf dich; aber ich thue es nur, um dir das Vergeben leichter zu machen. Denn mein

Unrecht ist unvertilgbar, ich komme mir wie eine Elende, Meineidige, wie ein schlechtes Kraut vor, das hinter der Mauer wächst und so nichtig ist, daß es den Tag nicht verdient, den es lebt. O Uriel, liebe mich! Du bist ein wunderbarer Schöpfer, der Alles vermag; wenn ich Adel für meine Seele, irgend einen Stolz, der nicht vergänglich ist, suche, so kann ich ihn nur bei dir finden. Ich bin ganz in Nichts versunken, nur du kannst mich wieder aufrichten!«

Uriel drückte schweigend, aber lächelnd und voller Liebe ihre Hand: das Uebermaaß erdrückte ihn. Judith fuhr fort, indem sie auf Jochai zeigte, der schweigend die beiden Thiere am Zügel führte: »Wie viel Dank bin ich deinem vortrefflichen Freunde schuldig! Da mein Vater sich mit Abscheu von der Erinnerung an dich abwandte, so blieb dieser meine Zuflucht. Das Unerklärliche des Auftritts, der uns trennte, Lieber, verlor sich allmählig vor meiner verzweiflungsvollen Seele, der ganze Zusammenhang dieser Dinge stand jetzt deutlich vor mir, meine Sehnsucht nach dir, die nur mit dem Tode sterben wird, folterte mich, und für Alles fand ich an Jochai Rath und Hülfe. Er ließ mich in die Räthsel deines kühnen Geistes blicken und weckte mein Verlangen, von deinem hohen Fluge mitgetragen zu werden. Ich schämte mich, daß der Aberglaube einen Augenblick über meine Liebe hatte siegen können, und betrieb den Entschluß, der durch dein Wiederfinden mit seinem Erfolge gekrönt ist. Ich floh die Wohnung meines Vaters, um dich aufzusuchen. Wir verfolgten den Weg, den du eingeschlagen haben mußtest, und trafen Spuren, die uns oft irre führten, uns aber doch zu unserem Ziele gebracht haben. Jochai schützte mich, wie ein Bruder es gethan haben würde.«

Jochai wandte sich hierauf an Uriel und sagte: »Theurer Vetter, wenn du in der Entscheidung, wo sich meine Freundschaft hätte bewähren sollen, mich einen Augenblick schwanken sahest, so sei versichert, daß ich nie ein Versäumniß so schmerzlich bereut habe. Ich beschloß, zur Sühne meiner Schuld mich ganz deinem Dienste zu widmen, und wußte, wie Liebes ich dir leistete, als ich Judiths Verlangen nach dir unterstützte und diese abentheuerliche Reise in's Werk setzte. Ich bin jetzt bei der Erfahrung in die Schule gegangen und habe gelernt, daß es mir unerträglich wäre, von dir getrennt oder gar verkannt zu leben.«

Uriel umarmte beide herzlich: seine Augen glänzten vor Freude; selbst die Befangenheit, die sein wilder Aufzug, sein langes, ungeschornes Haupt- und Barthaar ihm zuerst verursacht hatten, wich den überströmenden Gefühlen von Lust, die der ihm wiedergegebene Glaube an sein Theuerstes in ihm weckte.

»Ahnete ich doch,« rief er aus, »daß mir die Sonne des heutigen Tages etwas Gutes bedeutete. Wie eine lange Nebelnacht liegt die jüngste Vergangenheit hinter mir; ich wußte, daß sich jetzt Alles wenden müsse. O was zögert ihr noch, den Sitz in meinem Herzen einzunehmen, der euer Eigenthum ist und den ich seither mit meinen Thränen benetzte! Was wollte ich mich euch nicht gänzlich überliefern, da ihr ja gekommen seid, mich glücklich zu machen! Eilt mit mir in die Herberge, wo wir in ungestörter Umarmung dies Wiedersehen feiern wollen. O sagt mir nur, wo gäbe es etwas, das dem Zuge des Herzens Gewalt anthun könnte!«

Sie hielten sich noch eine Weile umschlungen, die Rosse blickten verständig in die Gruppe hinein, der Wanderer stand still und betete, denn er hoffte, Alles müsse noch schöner werden unter der Sonne, wenn sich Männer untereinander so lieben könnten. Dann eilten sie der Stadt zu und fanden in der Herberge Muße und Heimlichkeit genug, ihre Herzen immer klarer und strömender zu machen.

Doch es fehlte auch hier der Begeisterung nicht an einer Hinterthüre. Judith selbst, die Schwärmende, Glückliche, war es, welche sie zu öffnen versuchte. Denn wie wenig es mit ihrem Entschlusse, sich um Uriel wie sein Gürtel zu schlingen und ihn nicht zu verlassen, wo er auch hinginge, übereinstimmte, daß sie einige Worte von Rückkehr und Widerruf fallen ließ, so wäre es zu gewagt gewesen, hätte Ben Jochais Mund diese zuerst aussprechen sollen. Uriel blickte sie verwundert an, aber diese Verwunderung war eher des Sinnenden, als des Entrüsteten; er schwieg und widersprach nicht, als Judith ihm die Rückkehr in die alten Verhältnisse, und namentlich den Gewinn ihres Vaters in den schönsten Farben schilderte. Als Jochai sah, daß seines Vetters Willen ganz unbewaffnet war, trat er wie auf ein verabredetes Zeichen hervor und sagte: »Wozu fruchtet es, lieber Freund, wenn du dich selbst um den Genuß des schönsten Lebens bringst? Du hast mir oft gestanden, welchen großen Reiz die Stadt, welche du jetzt meidest, für dich hat, und damals wußtest du doch nicht, daß sie bestimmt war, einst dein Theuerstes einzuschließen. Ich sage nicht, daß dich Judith verlassen könnte; aber ich denke mir, die Liebe sehnt sich gern nach den Orten zurück, welche die Zeugen der ersten Schwüre waren. Die Liebe ist immer etwas prahlerisch mit ihrem Glücke, und wo könntet ihr vor einer größern Schaar von Neidern und Bewunderern eure Schätze ausbreiten, als in Amsterdam?«

Uriel leistete keinen Widerstand, nur seine Beistimmung fehlte noch, welche Jochai ferner einzutreiben versuchte. »Du scheust dich vielleicht,« sagte er, »nach Hause zurückzukehren, weil du im Banne bist? Allein deine Klugheit müßte auch hier siegen, wenn dein Starrsinn zögerte. Dein Gegner de Silva hat die Erklärung abgegeben, daß deine Sätze nicht darauf hinzielten, das Christenthum zu empfehlen, sondern daß du vielmehr der ausgestorbenen Sekte der Sadducäer zugethan seist. Da aber die Sadducäer niemals von der Gemeinde ausgeschlossen waren und volle Freiheit hatten, im Tempel zu lehren, so hat sich der Groll der Synagoge um Vieles gemildert. Würde sie auch den Bann nicht aus freien Stücken zurücknehmen, so könnte sie damit nicht zaudern, wenn du selbst einen Schritt ihr entgegenkämest und ein öffentliches Geständniß ablegtest, daß es dir in deinen Forschungen nur um die Wahrheit der jüdischen Lehre zu thun sei und du auf nichts bestehen wollest, was derselben in gerader Richtung zuwiderlaufe. Was ist an dieser Erklärung Großes verloren?«

Uriel wagte zwar nicht darauf zu antworten: »die Ehre;« aber er fühlte es, daß Jochais Zureden die Umschreibung einer Handlung war, die ihn späterhin reuen konnte.

»Wie Ihr nur Eure Worte so fein setzt!« sagte er; »öffentlich widerrufen soll ich und an meiner eigenen Ueberzeugung zum Meineidigen werden? Ich müßte die Miene eines Bußfertigen annehmen und dürfte mich daheim nicht mehr getrauen, die Augen auf der Straße aufzuschlagen. Ihr gebt mir nicht den besten Rath.«

Jochai war aber ein feiner Menschenkenner; er wußte, daß Uriel Lust hatte, ihm entgegen zu kommen, daß er ihn nur wieder zurücktreiben würde, wenn er mit noch weitern Worten die unleugbare Thatsache des Widerrufs umhüllen wollte. So war Uriel gezwungen sich selber zu bekämpfen und sagte, indem Judith mit allen

Nerven horchte: »Ich trage keinen Groll gegen die Priesterschaft, und könnte mich aus Großmuth entschließen, ihrer Schwäche auszuhelfen. Auch sind mir meine Verwandten werth, und vor Allem bestimmst du mich, theure Judith, die ich nicht hinausnehmen könnte in das wilde Treiben der Welt, in alle ihre Mühseligkeiten und Gefahren. Es ist wahr, dein Vater lebt jetzt in Bekümmerniß um dich; doch sage mir, Jochai, bist du der Bereitwilligkeit der Synagoge gewiß? Und welche Art des Widerrufs verlangt sie?«

Jochai vermied hierauf zu antworten und schien nicht glauben machen zu wollen, als stünde er mit der Synagoge auf vertrautem Fuße. Doch so groß war Uriels Sehnsucht, Alles zum Guten beizulegen und mit Judiths neuerworbener Liebe heimzukehren, daß es ihn sogar nicht bekümmerte, wie Jochai auf seine Fragen nur allgemeine, das Beste hoffende Antwort gab. Zu Beider Freude schlug er ein und sagte, er wolle Alles thun, um ihre Liebe zu belohnen.

Entziehen wir dem unglücklichen Manne darum unsere Theilnahme nicht, weil wir ihn hier eine seiner vielen Prüfungen schlecht bestehen sehen. Wir, die wir gewohnt sind, in einer gleichsam angebornen, fortwährenden Märtyrerschaft unserer Ueberzeugung zu leben, werden leicht zur Hand sein, über einen Mann den Stab zu brechen, welcher gegen die Satzungen einer fanatischen, intoleranten Religion aufzutreten den Muth hatte und später im Stande sein kann, zu der Hand, die ihn züchtigte, wieder heranzukriechen. Allein in Uriels Seele war Verwirrung eingezogen. Er liebte das Judenthum, ja er mußte für dasselbe Alles hingeben, wenn er sich nicht um seine erste Jugend, seine ersten Plane schon betrogen sehen wollte. Er hatte das Christenthum abgeschworen: was konnte ihn mehr bestimmen, der Jehovalehre treu zu bleiben! Hätte er sich auch von dieser wieder entfernen können, wie leer und nichtig mußte ihm dann sein Inneres, wie Alles an ihm in Inkonsequenz und Scham verwandelt werden! Weil er keinen neuen, dritten, unabhängigen Zustand wußte, in dem er leben konnte, flüchtete er sich unter den Schutz des Judenthums wieder zurück, indem er seine eigene Meinung den bestehenden Verhältnissen aufopferte.

Die Tage der Rückreise verschwanden unter der Abwechslung anmuthiger Gegenden und des heitersten Gesprächs. Uriel besaß zu viel angebornen Stolz, als daß er demüthigen Hauptes seinen Richtern, denen er sich freiwillig unterwarf, hätte entgegen gehen sollen. Judith befand sich in der glücklichsten Laune; denn sie hatte für ihre Anstrengung Großes bewirkt, und zwar in so kurzer Zeit, daß sie dabei nicht hatte ermüden können. Jochai unterzog sich freiwillig jedem Geschäft, das seinen Gefährten eine Mühe ersparte, und schien ganz in ihre Wünsche und in ihr Glück aufzugehen. In kurzer Zeit war Amsterdam erreicht. Judith hatte ihre männliche Kleidung noch nicht abgelegt und ließ sich nicht zurückhalten, Uriel auf dem ersten Gange, den er machte, ohne sich vorher jemand anders zu zeigen, zu begleiten. Sie ritten gerades Weges auf die Wohnung des Oberrabbinen zu, der vorläufig durch Jochai von Uriels Ankunft benachrichtigt wurde. Uriel ließ ihn von seinem Entschlusse, sich mit der Kirche vertragen zu wollen, in Kenntniß setzen, und erlangte bald die Erlaubniß, vor den Priester zu kommen. Er traf ihn allein, einen strengen Greis, von geringerem Fanatismus, als seine Beisitzer, aber von unerschütterlicher Festigkeit. Uriel war seines Anblicks gewohnt und ertrug ihn, ohne von ihm beherrscht zu werden. Er setzte freimüthig seine Ueberlegung auseinander, versicherte seine treueste Anhänglichkeit an den Dienst Jehovas und verlangte, sogleich von seinem Banne freigesprochen zu werden. Der Oberpriester gab die Berufung auf einen geistlichen Rath zu, und Uriel wurde bis zu dessen Beschlußnahme in einer Zelle gehalten, welche in dem obern Stockwerke der priesterlichen Wohnung lag und ziemlich einem Gefängnisse gleichkam.

Der versammelte Rath, darauf fußend, daß sich der Geächtete aus freien Stücken in ihre Gewalt begeben hatte, beschloß, von der rauhen Seite seiner Gnade so viel herauszukehren, als er nur konnte. Als Uriel vor ihn gerufen wurde, erhielt er den Bescheid, daß der Bann von ihm genommen würde, falls er einen förmlichen Widerruf seiner Irrthümer in diesem Augenblicke ablegte und an die Wahrheiten zu halten schwören wolle, welche sie ihm in der Reihefolge vorlesen würden. Dann sollte in der Abendsynagoge seine Buße und der Bann als zurückgenommen angezeigt werden. Einen Augenblick war Uriel schwierig; doch da ihn die Ungeduld peinigte, zu seinen Begleitern zurückzukehren und recht bald die Früchte dieser ärgerlichen Ceremonie bei seinen Freunden und Verwandten zu genießen, so betrieb er die ganze Prozedur mit einer Eilfertigkeit, welche die Richter eher in Verlegenheit setzte. Der Vorsitzer hielt inne und drohte, die Verhandlung niederzuschlagen, wenn der Verbrecher mit so gleichgültigem und unreumüthigem Eifer in dieser Angelegenheit verführe. Doch Uriels Versicherungen, daß es ihm um Alles der heiligste Ernst sei, und er nur den Augenblick beschleunigen wolle, der ihn in die alte Gemeinschaft des Glaubens und der Hoffnung wieder zurückführe, vermochten die Priester, ihm zu willfahren und endlich durch eine feierliche Erklärung die Acht von ihm zu nehmen. Uriel, seiner Freisprechung gewiß, schnitt die Ermahnungen, welche daran für die Zukunft geknüpft werden sollten, kurz ab und verließ die Versammlung, welche über die Reue Uriels ihre Erwartung gänzlich getäuscht fand.

Aber auch über Uriel war eine andere Stimmung gekommen, als er beim Eintritt in dieses Haus vermuthete. Er sah, daß ihn die Unterwerfung und Demuth der verflossenen Tage verlassen hatte; denn der Anblick jener Männer, deren Autorität nur eine Verabredung war und auf nichts fußen konnte, als den wenigen Gesetzesbuchstaben, die in Bücher gebunden vor ihnen lagen, gab ihm seine ganze Unabhängigkeit wieder zurück, und nur die Rücksicht auf seinen einmal gefaßten Entschluß und auf das, was Alles ja noch geschehen könne, bestimmten ihn, das einmal Betriebene zu Ende zu führen. Seine Begleiter, die ihn mit Spannung in den Vorzimmern des Hohenpriesters erwartet hatten, staunten, ihn in so viel Kälte umgewandelt zu sehen; doch beruhigte er sie und eilte, Judith zu ihrem Vater zurückzubringen. Jochai, obgleich die hülfreiche Hand zu Judiths Entweichung, mußte auch hier der Vermittler sein. Vanderstraten hatte an der Thatsache, daß seine Tochter wieder bei ihm war, genug; seine schlaflosen Nächte verzieh er ihr gern, da sie ihm versprach, sie ihm in Zukunft dafür desto schöner zu machen, indem sie ihm vorlesen wolle des Abends, oder zur Zither spielen, oder seine Träume deuten. Auch war ihm Uriel ganz willkommen, den er seiner Güter, seiner Männlichkeit und seiner Geistesgaben wegen liebte, und den er zu hassen nicht verpflichtet war, seitdem die Aufhebung des Bannes allen Makel von ihm genommen hatte. Uriel brach aber bald auf; nachdem er Judith umarmt und ihr für den Sieg, den sie auf's Neue über ihn errungen, gedankt hatte, eilte er zu den Seinen, die die Kunde seiner Rückkehr und Begnadigung vernommen hatten und sehnlichst auf ihn harrten. Hier feierte er die süßesten Triumphe der Ueberraschung und der zärtlichsten

Theilnahme. Er genoß dies Alles mit solcher Hingebung, als habe er, wie seine Jugend, so auch seine Ruhe für ewige Zeiten wiedergefunden.

Der natürliche Zug aller dieser Begegnisse ging freilich darauf hinaus, die kaum eingetretene Befriedigung aller Parteien bald wieder zu zerstören. Doch Uriel, der sich hierüber in keiner Täuschung befand, versuchte es, ob es nicht möglich sei, eine alte Erfahrung auch einmal Lügen zu strafen. Er nannte diesen unveränderlichen Zug die Altklugheit des Lebens, und behauptete, daß man die Zukunft schon beherrschen könne, wenn man nur eine wahrscheinliche Rechnung besitze, wie sie ohne unser Zuthun ausfallen würde. Deßhalb bereitete er sich denn auf Alles vor, was ihn in der nächsten Zeit treffen mußte. Er sah voraus, daß ihn Neugier und unaufgeforderte Theilnahme bei jedem Schritt belästigen würden, daß sich seine Freunde beeifern müßten, seinen Entschluß zu loben und ihm ihre Dienste anzubieten, daß sich jetzt jedermann berechtigt glauben würde, über religiöse Irrthümer in seiner Gegenwart mit einer schon ausgemachten Sicherheit abzusprechen; kurz, das ganze Elend, was eintritt, wenn große Geister sich einmal herablassen, im Sinne der kleinen zu handeln, berechnete er mit weiser Einsicht, und vermochte es über sich, das Unvermeidliche zu ertragen. Sein altes Rechtsstudium suchte er wieder hervor und machte es zu seinem Leidensgenossen. Dies reichte auch da noch hin, seinen Geist zu beschäftigen, als endlich die Lobsprüche und die Rathschläge seiner Leute verstummt waren. Eine kleine Frage, die er zu lösen wünschte, ließ ihn die Uebergänge der Tage vergessen. Die Zeit, diese grausamste Feindin eines Unglücklichen, quälte ihn nicht, wenn er sie in kleine Stücke zerlegte und auf jedes einzeln eine leichte Last, die vergessen macht, bürdete. Doch dessen war er nicht fähig, sich auf einen höhern Standpunkt, von dem er sonst seine wissenschaftlichen Bestrebungen ansah, aufzuschwingen. Jede großartige Betrachtung, die ihn von der kleinen Einzelheit ablöste, hätte ihn zu Fragen hingerissen, welche er sich noch ängstlich bestrebte, aus dem Bereiche seiner Gedanken entfernt zu halten.

Es war natürlich, daß Uriel unter solchen Umständen eine andere Stimmung seines Charakters zulassen mußte. Die frühere Heiterkeit, welche ihn selbst da nicht ganz verließ, als er die eingetretene Katastrophe sich allmählig vorbereiten sah, war gänzlich aus seinem Gemüthe verschwunden. Er lag gegen sich selbst in Feindschaft und verfolgte sich mit einem Grolle, als hätte sein Wesen sich in zwei Hälften getheilt. Es war ein fortwährender Kampf in seinem Innern. Bald ertappte er sich auf einer Gedankenreihe, die er von sich zu verbannen förmlich beschlossen hatte, bald verwarf er dies ganze abgemessene Benehmen und nannte sich einen Thoren, der Unaufhaltsames dämmen wolle. Seine Augen zogen sich in ihre Höhlen zurück, Furchen legten sich in die Ebene seiner Stirn, der geläufige Strom der Rede stockte und die Theilnahme an fremdem Interesse erkältete. Niemand konnte bei dieser Veränderung mehr leiden, als Judith. Die Umwandlung, welche sie selbst in sich erfahren hatte, vergrößerte ihren Kummer noch. Denn wenn sie mit ihrer alten Laune, mit ihrer ewig gleichen Heiterkeit, die früher nicht verstimmt werden konnte, weil sie von außenher Alles mit gleichen Eindrücken berührte, die einsinkenden Trümmer des stolzen Gebäudes, das Uriels Seele vorstellte, nicht bemerkt hatte, so war sie jetzt selbst empfänglich geworden für die Verwirrung des Lebens. Sie errieth Alles leichter und lernte einsehen, wie großen Antheil der Schmerz am Regimente der Welt hat. Der naive Ton, mit welchem sie des Geliebten Zärtlichkeit erwiederte, war verschwunden. Sie lächelte schmerzhaft und ungläubig, wenn Uriel das zwischen ihnen eingerissene Schweigen brach und sie an die Unschuld früherer Zeit erinnerte. Aber wie selten that dies Uriel noch dazu! Er war nicht mehr im unmittelbaren Genuß der Liebe, er war nicht mehr gegenwärtig bei seinen Schwüren, ja nicht einmal bei seinen Küssen. Das Dämonische seiner Natur kehrte sich immer mehr heraus. Er empfand nicht, ohne nicht auch zugleich seine Empfindung zum Gegenstande seiner Reflexion zu machen. Dies sind jene Männer, welche das Weib so beglücken und doch so unglücklich machen können, die mitten in den Himmel der Liebe mit einer kalten, unerwarteten, prosaischen Bemerkung hineinfallen, die öfter geneigt sind, geliebt zu werden, als zu lieben, und die nach langem, launigem Aprilwetter, nachdem sie ihre Freundin grausam gemartert, wie Sonnenschein aufblitzen und eine Stunde lang die göttlichsten Menschen sind. So war Uriel jetzt der Mephistopheles seiner Leidenschaft geworden. Dieselben Plätze in Vanderstratens Gärten, welche einst das Flüstern, Kosen und Lachen der Liebenden belauscht hatten, sahen jetzt, wie Uriel Figuren in den Sand zeichnete und Judith sie mit ihren Thränen netzte.

Doch bald bemerkte Uriel, daß er nicht dazu geschaffen war, seine Leiden wie eine Rolle durchzuspielen. Er wußte, daß es hohe Zeit war, einen Entschluß zu fassen, wenn er sich vor der Verzweiflung, vor einem lautlosen Untergang am gebrochenen Herzen retten wollte. Er faßte die einzelnen Fäden seines Schicksals wieder zusammen, um seine eigene Parze zu werden. Dazu bestimmte ihn nichts mehr, als daß Judith eines Tags, da sie an seinem Halse hing, wie aus einem Traume erwachend zu ihm sprach: O Lieber, ist denn alle deine Kraft so aufgerieben, daß du mich leiden sehen kannst, ohne mir zu helfen? Ich unterliege dem Kummer, der an meiner Seele nagt, daß ich die Ursache deines neuen Unglücks bin. Seit jenem Augenblicke, da du aus dem Rathe der Priester tratest und den Widerruf geleistet hattest, ist meine Ruhe von mir gewichen. Denn welch ein Opfer hast du mir gebracht! Was hat es dich kosten müssen, deine Ueberzeugung abzuschwören! Ich vergehe in dem Gedanken, daß die Rücksicht auf meine Bitten dich bewogen hat, hieher zurückzukehren. Kannst du glauben, daß meine Liebe ermattet wäre, wenn ich in dir den Ketzer, den Ausgestoßenen, den Heimathlosen hätte umarmen müssen? Was vermag ich in deine Geheimnisse zu dringen! Selbst wenn du mit bösen Kräften einen Bund geschlossen hättest, sollte der unsrige nicht gestört werden. Nun glaubst du aber dies Alles nicht; denn ich ließ die Gelegenheit, dir meine Treue zu zeigen, vorübergehen. Nicht deine Versicherung, nicht dein mitleidiger Zuspruch kann mich zufrieden stellen, sondern nur eine Prüfung, die du mich bestehen ließest. Wäre unsere Lage unglücklicher, vielleicht würden wir dann beide glücklicher sein!«

Uriel verstand diese Klage deutlich; denn übertrug er das, was Judith von ihrer Liebe sagte, auf die Verpflichtung, die er gegen die Wahrheit zu haben glaubte, so war es dieselbe Pein, in der er sich befand. Ja auch dieses Mittel der Heilung, das sie zu wollen schien, war dasselbe, das er noch Anstand nahm, zu wählen: dies durfte nicht einmal übertragen werden. Von dieser Stunde an, in welcher die Liebenden ihren Bund auf's Neue besiegelten, erklärte Uriel, daß er jede Enthaltsamkeit, jeden Zwang jetzt aufgebe. Er habe nicht die Absicht, im offenen Kampfe gegen seine Gegner aufzutreten, aber täuschen wolle er ferner weder sich noch sie. Wo ihn die Wahrheit herausfordere, wolle er sie bekennen. Judith pries sich glücklich, bald eine Gelegenheit zu finden, wo sie zeigen konnte, was sie vermochte.

Daß sich Uriels Benehmen änderte, sah man bald; denn er war von Spähern umgeben und machte keinen Hehl daraus, daß ihn alles Vorangegangene reute. Zum dritten Male Apostat, warf er die Gelehrsamkeit des Rechts und Unrechts bei Seite, suchte die alten Weisen wieder hervor, welche über den Zusammenhang menschlicher und göttlicher Dinge in alten und neuen Zungen geschrieben haben, suchte den Umgang freidenkender Männer unter Juden und Christen auf, und begann, auch die Resultate seiner Forschungen wieder niederzuschreiben. Die Furcht und Verzweiflung, welche sonst bei ihm diese Beschäftigung begleitet hatte, war gänzlich geschwunden: er war zu einem Berufe zurückgekehrt, den er ungern aufgegeben und jetzt durch die Anfechtungen desselben just recht lieb gewonnen hatte. Jede Entdeckung, die er machte, sonst die Ursache zu nachfolgenden trüben Stimmungen, erfüllte ihn jetzt mit der Freude, die den glücklichen Fund belohnt. Wie hätte dies Alles können verborgen bleiben! Mancherlei Gerüchte liefen über Uriels neue Sinnesänderung um: er sollte hie und da eine Ceremonie des jüdischen Kultus lächerlich gemacht, eine oder die andere seiner Hauptwahrheiten in Zweifel gezogen haben, und wurde, zur rechten Bestätigung alles dessen, auch nie mehr im Tempel gesehen. Derselbe Oberrabbiner der Synagoge, welcher dem Freisprechungsrathe vorsaß, hatte sogar selbst Gelegenheit, sich von der neuen Veränderung des unverbesserlichen Portugiesen zu überzeugen. Er war im Hause Uriels mit einer geistlichen Handlung, welche die orthodoxe Esther verlangt hatte, beschäftigt. Als Uriel nach deren Vollzug hinzutrat, fand er den Rabbiner dabei, wie er seinem jüngsten Bruder und mehreren andern im Zimmer versammelten Knaben eine Vorschrift der Talmudischen Sittenlehre auseinander setzte. Einer der Knaben nämlich hatte, um zu beweisen, wie früh der Verketzerungstrieb und der Bigottismus sich im Menschen offenbart, dem Priester hinterbracht, daß ein Kamerad von ihm sich nicht scheue, Dinge, die das Gesetz dem Israeliten verbietet, häufig zu nennen, und daß er an der Erwähnung derselben recht ein Vergnügen fände. Der Priester lobte unvorhergesehener Weise den Angeklagten und nannte sein Beginnen löblich. »Denn,« sagte er gerade, als Uriel hereintrat, »es ist vor Gott eine größere Tugend, sich eine

Verführung recht oft vorzunehmen und ihr zu widerstehen, als sie gänzlich von sich entfernt zu halten.«

Als die Knaben nun das Zimmer verlassen hatten, schlug Uriel, vertraulich und zum Scherze aufgelegt, dem Rabbi auf die Schulter und sagte: »Nun will ich Euch zeigen, ehrwürdiger Meister, daß ich heute weder ein Christ noch ein Jude bin. Die Christen haben dasselbe Moralgesetz, das Ihr aus dem Talmud erwähntet; sie lehren auch, daß es besser sei, mit der Unzucht sich zu Bett zu legen und rein wieder aufzustehen, als von vornherein der Verführung aus dem Wege zu gehen. Aber welch ein abscheulicher, heuchlerischer Glaube ist dies! Ist der Adel der Seele da nicht größer, wo man die Sünde meidet, als da, wo man sie nur besiegt? Die Sünde herausfordern kann nur der, welcher aus der Tugend ein Geschäft macht, und die Tugend soll doch im Gegentheil ein angeborner Trieb, ein aus dem Innern hervorströmender freier Erguß der Liebe sein. Wer sich aus freien Stücken mit der Sünde in einen Kampf einläßt, um seine Stärke zu zeigen, hat die Unschuld des Gemüthes schon verloren; und was kann größere Tugend sein, als ein reines Herz haben?« Der Rabbi blickte zu Uriel hinauf mit einem durchbohrenden Blicke und verließ das Zimmer, eine Drohung in seinen grauen Bart murmelnd.

Judith bot alle ihre Kraft auf, jetzt mit dem Geliebten in gleichem Schritte zu bleiben. Die Warnungen, die man ihr zuflüsterte, überhörte sie; sie unterließ es sogar, offenbare Verläumdungen, die man gegen Uriel verbreitete, zu mildern; denn sie glaubte, jetzt Alles an ihm entschuldigen zu können. Sie fühlte sich muthiger, erhabener als Alle, seitdem sie die Vertraute eines starken Geistes geworden war. Doch wie oft überraschte sie sich wieder auf einer Schwäche! Es gab Augenblicke, wo sie ganz in ihre natürlichen Anlagen zurückfiel und von dem Außerordentlichen ihrer Lage schwer gedrückt wurde. In zu kurzer Zeit hatten ihre Entschlüsse reifen sollen, zu schnell war ihr Inneres herausgekehrt worden an die rauheste Seite des Lebens. Ein weibliches Herz vermag vielleicht größern Schmerz zu ertragen, als das männliche, doch muß es allmählig an Leiden gewöhnt werden. Bei Judith kam Alles ohne Vorbereitung; sie sollte lieben, hassen, bleiben, fliehen, fast in demselben Momente; die Rathschläge, die sie empfing, durchkreuzten sich, ja sie erschrak oft, daß ihr, wo sie einen Bewegungsgrund zum Handeln suchte, ihre Liebe nicht immer zuerst einfiel. Aber noch waren alle diese Dinge nur Keime der Zukunft, deren tragischem Ausschlage wir entgegen gehen. Noch saß sie neben Uriel und horchte aufmerksam den Mittheilungen zu, die er seither mit seinen Zärtlichkeiten abwechseln ließ. Sie hatten sich beide, durch die Erfahrung dazu genöthigt, das Wort gegeben, ihre Liebe nicht einzig für Genuß zu halten, sondern sich Alles zukommen zu lassen, was das wechselseitige Ineinanderaufgehen erleichterte, selbst wenn es Belehrung über ernste Fragen wären. Uriel fand darin nichts Verkehrtes; denn er sagte zu sich selbst: »Ist die Liebe da, um den Menschen zu beglücken, so ist sie auch da, um ihn zu veredeln. Man sollte nur den lieben, von dem man zugibt, daß er über uns steht. Denn seine Umarmung hebt uns zu sich hinauf, so daß unsere Herzen weiter, unsere Augen heller und unsere Gedanken kühner werden.«

Deshalb machte er Judith zur Vertrauten seiner Studien, er bemühte sich, sie selber von ihren Vorurtheilen zu befreien, um auf diese Weise auch für seine Handlungen ihre Meinung immer für sich zu haben. Aber der Fluch dieser Erziehung in der Liebe, die schon so manchen Jüngling betrog, drohte auch hier einzuschlagen. Jedes Weib hat vielleicht Lust ihre Sphäre zu überschreiten, aber sie fürchtet dann isolirt zu werden. Den Trotz, der den Mann, einer Welt gegenüber, nicht verläßt, kennt sie nicht, sie empfängt ihn nur durch ein Beispiel, das seine Wirkung verliert, wenn es aus den Augen ist. Dem Manne, der Gedanken schafft, dienen die Stufen, auf denen er zu ihnen emporstieg; doch welches Weib hätte sich durch Mittelglieder emporgeschwungen, wenn sie einer außerordentlichen Bildung theilhaftig wurde? Es waren immer nur vollendete, schon fertige, vom Schmutz des Aufbauens gereinigte Gedanken, die sie in sich aufnahm, die sie aber auch nicht zu vertheidigen versteht. Hier brach sich Judiths Fähigkeit, hier blieb sie hinter Uriel zurück, und je weiter er sich von ihr entfernte, je mehr er ihr von solchen schroffen, für sie unbeweisbaren und unbewiesenen Ideen zuwarf, desto unglücklicher wurde sie. Sie war in dem Zustande, daß sie gleichsam fortwährend die Hände nach ihm ausstreckte, und ihn anflehte, mit ihr Erbarmen zu haben. In dieser Art liebte sie ihn.

Uriel sah von dem Allem nichts. Ungestört auf seinem Zimmer entdecken, Judith sich mittheilen zu können, war Alles, was an ihm befriedigt sein wollte. Mehr bedurfte er nicht; denn der Zukunft sah er jetzt unerschrocken entgegen, er war auf den äußersten Fall gerüstet, und der äußerste Fall konnte kein anderer sein, als den er schon erlebt hatte. Sein Ruf unter den Gelehrten nahm immer mehr zu; er hatte es sogar gewagt, eine eigene Schrift zu veröffentlichen, in der er den Angriffen des de Silva die Spitze bot und alle die Sätze, welche ihm jener verdammend schon vorne weggenommen hatte, auf's Neue als seine Ueberzeugung proklamirte. Uriel hatte täglich einen neuen Gewaltstreich der Synagoge zu erwarten; doch zögerte diese noch, weil sie Unerhörteres von ihm hoffte, um ihn dann gänzlich in Händen zu haben.

Plötzlich nahmen aber alle diese Verhältnisse eine neue Gestalt an. Einige Worte, welche Uriel eines Abends im Mondschein mit Judith wechselte, gaben dazu die Ursache her. Sie hatte ihn gefragt, ob er denn in Wahrheit den Namen eines Sadducäers verdiene, den man ihm allgemein gäbe. Uriel hatte dessen keinen Hehl und sagte: »Wenn es ein Wort gibt, das eine unabhängige, über Vieles schon im Klaren, über das Meiste noch im Ungewissen befindliche Meinung bezeichnet, so möchte ich mich am liebsten mit dem Namen jener Sekte bezeichnet sehen.«

»Dann glaubest du also auch nicht,« fiel Judith mit Hast ein, »daß unsere Seelen nach dem Tode wieder vereinigt werden?« –

»Moses lehrt darüber nichts,« sagte Uriel spottend. Judith verstand ihn nicht; aber es war ihr in diesem Augenblicke, als öffnete sich ein tiefer, finsterer Abgrund und sie stürze fort und fort durch eine Ewigkeit, die sie nicht zu fassen vermochte. Sie zitterte, schwieg, und erst nach langer Zeit fragte sie ihn zum zweiten Male, ob er habe sagen wollen, daß sie Beide in ewige Nacht untergingen. Uriel nickte mit dem Haupte und erwiederte: »Womit läßt sich nachweisen, daß wir jenseits noch einmal leben sollten? Alle die Hülfsmittel zum Leben, welche uns die Natur mitgegeben hat, sind nur für die irdische Welt berechnet, ja für diese reichen sie nicht einmal aus; denn wir müssen sterben und unser ganzer Bau fällt frühe in Asche zusammen.«

Judith fühlte sich wie von einer wunderbaren Kraft unterstützt, und entgegnete mit einem Eifer, den sie an ihr Letztes zu setzen schien: »Warum strengst du aber deinen Geist an, um Wahrheiten zu erforschen, die ja dann mit deinem Leben verloren gingen, Uriel? O sprich, daß es eine zweite Welt gibt, um deiner hohen Gedanken willen, um Alles, was über Religion, Tugend und Natur gelehrt wird!«

Uriel spürte Judiths Unruhe nicht, vielmehr lachte er und sagte: »Du sprichst so keck, als wolltest du mit mir streiten. Glaubst du denn, daß jedes Ding einzeln, für sich genommen, zu Ende gebracht werden muß? Wenn unser Geist Gedanken erzeugt, so erfüllt er eine Beschäftigung, die ihm übertragen ist, ja noch mehr, er genießt eine Wohlthat, die ihm der Himmel schenkt. Aber was er ersinnt, soll nur dazu dienen, ihm selber eine Freude zu gewähren; die

Wahrheit dessen, was er denkt, ist der Ewigkeit gleichgültig; die Wahrheit besteht ja auch ohne ihn. Nimm das Thier! es bedient sich aller der Kräfte, die ihm zu Gebote stehen; wenn es nun nicht alles das vermag, was der Mensch, soll es dann für dasselbe auch ein Reich geben im jenseits, wo es auf diese Stufe erhoben wird?«

Judith wußte keine Antwort zu geben, aber eine neue Frage wagte sie: »Warum, Uriel, sind denn die Menschen in gute und böse getheilt, wenn es einst keinen Ort gäbe, wo dieser Unterschied ausgeglichen wird?«

Uriel fand dieses Gespräch entzückend und lachte noch lauter. »Wie bescheiden du bist, Judith!« rief er aus; »wie artig du die Belohnung und Bestrafung umschrieben hast! Aber sage mir, wenn es wirklich eine Ewigkeit gäbe und sie sich damit beschäftigte, diesen zu belohnen und jenen zu bestrafen, hätte sie damit nicht auch eine große Mangelhaftigkeit in der Weltordnung zugelassen? Denn was hieße dies anders, als Preise aussetzen, welche nicht mehr die Tugend zu erringen hätte, sondern der Eigennutz? Die Tugend ist, wie die Wahrheit, um ihrer selbst willen da. Sie theilt hierin die Eigenschaft, welche der Schönheit noch nie bestritten ist. Von der Schönheit verlangst du nicht, daß sie sich dereinst noch steigere. Ich möchte dich, meine theure Judith, niemals schöner sehen, als du bist, und leugne gerade deßhalb die Unsterblichkeit deiner Seele, weil ich fürchte, daß du einmal anders sein könntest, als jetzt.«

Judith aber hatte mit diesen Worten, denen sie traute, alle Fäden verloren, welche ihren Glauben und ihre Hoffnung noch zusammenhielten. Sie blickte bittend zu Uriel hinauf, denn sie fühlte es, daß sie an der Grenze war, über die hinaus sie ihm nicht mehr folgen konnte. Da er schwieg, so wagte sie, die stillen Sterne über ihren Häuptern zu beschwören und mit ihnen gegen Uriel zu kämpfen. Doch er nannte Alles Täuschung und sagte, die Welt sei nur eine Grille Gottes; denn ein Plan Gottes könne sie nicht sein, da nur die irdische Schwäche, die mit einem Worte nichts schaffen könne, Plane mache. Und Judith sah Alles an, was Uriel so Grausamwitziges sprach, und fühlte es bis in den feinsten Kern ihrer Seele. Sie krümmte sich wehklagend in dem Zauberkreis seiner Worte, beschwor ihn, seine Formeln zurückzunehmen, und richtete sich, wie athemlos, mit der letzten Frage an ihn: ob denn auch die Schwüre ihrer Liebe verhallen müßten in das Nichts, und sich Liebende im Jenseits nicht wieder finden würden? Uriel verneinte Alles. Er legte seine eiskalte Hand in Judiths fieberglühende und sagte: Wie kann man sich lieben, ohne die Reize des Körpers und der Seele zu besitzen, welche dich auf Erden schmücken? Es ist unerweislich, daß wir im jenseits mit denselben Stiefeln und Sporen auftreten, wie hier. Unsere kleinen Gebrechen, die oft so liebenswürdig sind, deine vielen Launen, die mich fesseln, müßten dort alle aufhören. Es könnte doch nur ein seelischer Zustand sein, der uns zwänge, uns in Gedanken, aber keineswegs in Küssen und Umarmungen zu lieben. Diese Seelengenüsse müssen aber ohne sinnliche Empfindung sehr einförmig sein, wie ich mir denn überhaupt dies allgemeine Zerfließen, das man im jenseits zu hoffen pflegt, nicht ohne die größte Langeweile vorstellen kann. So gewiß ich jetzt lebe, werde ich einmal todt daliegen, ohne Besinnung, ohne zu wissen, daß es eine Judith gab. Es gibt nur eine Unsterblichkeit: das ist die im Gedächtnisse der Menschen; jede andere ist eine abergläubische und eigennützige Täuschung.« Dann überhäufte der Atheist seine Geliebte mit Liebkosungen und brachte sie durch seine ausgelassene, fast gemachte Lustigkeit dahin, zu allen seinen grausamen Erklärungen eine gute Miene zu machen. Sie lächelte auch und versprach ihm beim Abschied, daß sie Alles in genaue Ueberlegung ziehen wolle.

Judith war freilich nicht selbständig genug, als daß sie gewagt hätte, jetzt über Uriel den Stab zu brechen; aber eingestehen konnte sie sich, daß ihr Vertrauen zu ihm wankte. Er hatte sie selbst aus ihrer frühern Unbefangenheit herausgerissen und sie gelehrt, auf Fragen dieser Art, wie sie an jenem Abende entschieden wurden, einen Werth zu legen. Sie sah ein, daß sie diesem Fluge nicht mehr folgen konnte. Sie würde nicht geglaubt haben, daß dies Zurückbleiben auch eine Verringerung ihrer Liebe sein könnte, wenn Uriel nicht selbst gesagt hätte, daß man auch ohne Unsterblichkeit lieben könne. Keinem dieser Dilemmen, in die ihr Glaube und ihre Liebe geriethen, war sie gewachsen; sie wurde unwillig, daß sie zwischen sie gerathen war, und es gab Augenblicke, wo sich der Mißmuth über den Urheber dieser Verwirrung bis zum Hasse steigerte. Sie vermied schon zuweilen, Uriel zu begegnen, ob sie ihn gleich, da es sie dann reute, von freien Stücken wieder aufsuchte. Ben Jochai, dessen Rath sie ansprach, bestärkte sie in ihrem Entschlusse, sich von Uriel loszusagen. Es kam immer mehr zum Vorschein, daß Uriels Vetter eine verkappte Rolle gespielt hatte, daß er keineswegs im Sinne hatte, seine Ansprüche auf Judith zu opfern, und es steht zu erwarten, welche Folgen diese neue Veränderung in den wechselseitigen Gesinnungen nach sich ziehen wird.

Uriel selber aber war es, der Alles verdarb. Sein Wankelmuth befiel ihn auf's Neue, da er Judiths verändertes Benehmen sah. Der Augenblick, da er sie als seine Gattin heimführen wollte, war näher als je. Alle seine Gedanken waren um so mehr auf Judiths Liebe gerichtet, und jetzt schien es ihm, als sei sie lauer, zurückhaltender, mißtrauisch geworden. Uriel sah dies in Verzweiflung. Er war auf Alles gefaßt gewesen, was die Zukunft ihm hätte bieten können, nur auf Judiths Verlust nicht. Sie hatte ja die Hälfte der Last zu tragen auf sich genommen, oder doch versprochen, sich durch nichts, was auch eintreten könnte, von ihm trennen zu lassen. Er hatte Alles, was die Zukunft versagen mochte, durch sie ersetzt gehofft, und sich daran gewöhnt, sie als die Theilhaberin jenes künftigen Glückes oder Mißgeschickes zu denken. Jetzt entzog sie sich ihm; noch sah er darin nicht die Untreue, sondern erst die Thatsache des Verlustes, die er nicht fassen konnte. Er stand nicht, wie Andere, denen ein Weib untreu wurde, hob die Hände gen Himmel und blickte auf Alles, was vorangegangen war, um sich an dem Gedanken zu foltern: »es ist unmöglich!« Er ging nicht auf die seligen Stunden zurück, da ihm Judith nicht Liebe konnte geheuchelt haben, er verglich die Gewißheit, die Treue und das Glück des schon Erlebten nicht mit der Ungewißheit und der Untreue, die ihn jetzt vernichteten; sondern er dachte an den Zustand des Kommenden: er glaubte sich Alles erklären zu können, er klagte nur sich an und stieg von der Höhe, zu der er sich in der jüngsten Zeit emporgeschwungen hatte, wie in taumelnder Besinnungslosigkeit herunter.

»So hab' ich jetzt,« rief er aus, »zu allen Verwünschungen, welche mich hier auf Erden schon trafen, auch noch den Fluch des Himmels auf mich geladen! Wo find' ich einen Ausweg aus diesem Labyrinth? Mein Liebstes habe ich selbst von mir gestoßen; ich fand eine Kurzweil darin, eine Perle mit meinen Füßen zu zertreten. Warum flieht mich Judith? Sie haßt mich nicht, aber unheimlich bin ich ihr. Ich zerriß selbst das Band, das sie an mich fesselt: denn welches Weib möchte dem freigeistigen Uebermuth, mit dem ich in ihrer Nähe spielte, vertraut sein? Es ist kein böser Entschluß, daß mich Judith meidet, sondern ich selbst zwang sie dazu. Ich löste sie von einer Welt ab, deren Sprache und Gesinnung ihr verständlich ist, und gab ich ihr dafür eine neue wieder? Nein, nichts als Unvollendung, Zweifel, Grundloses und Luftiges erntete sie aus meinem Umgang. Sie war im Stande, einmal das Elend zu ertragen, das über mich verhängt wurde; aber ich Verblendeter nahm es an, als sie sich vermaß, es zum zweitenmale zu können. Ich erblickte darin eine Aufforderung, was doch nur ein stummes Zeichen ihrer Liebe war, ein Wille, den ich für die That hätte nehmen sollen. Jetzt kann ich täglich die Erneuerung meines Bannes erwarten, alle Verbindung mit meinem Volke ist dann abgeschnitten, ich bin verstoßen, verachtet, gemieden, und konnte in diesen elenden Zustand Judith mit hinein ziehen? Sie gesteht sich ihn vielleicht nicht, diesen neuen Schlag, aber sie ahnt ihn voraus, und ohne zu wissen, was sie thut, meidet sie den, der an ihr in fortwährendem Verbrechen lebt. Wie helf' ich mir und ihr?«

Ben Jochai trat schüchtern in Uriels Zimmer. Seinem Gesichte stand die Maske theilnehmender Freundschaft schlecht, aber Uriel, nur mit seinem Leide beschäftigt, hatte sogar vergessen, daß ihn Jochai seit seinem Widerrufe mied, und ihm Beweise waren hinterbracht worden, die seines Vetters guten Willen in den Schatten stellten. Er klagte ihm sein Leiden und fragte, ob er Hülfe oder Rath wüßte. Jochai ließ die Entschuldigung seines langen Ausbleibens, mit der er begann, sogleich fallen und fuhr fort: »Mein lieber Vetter, diese mißliche Lage deines Verhältnisses zu Judith treibt mich zu dir. Ich sehe, daß Judith sich unter denselben Schmerzen windet, wie du. Ich weiß nicht, ob ein Zwist vorausging, der eure Zungen lähmte zu offenen Geständnissen; aber so ist die Lage, es kommt nur auf eine Mittheilung an.« Uriel flehte ihn an, sich offen zu erklären.

»Du täuschest dich,« fuhr Jochai fort, »wenn du glaubst, Judith hasse dich. Alle Welt sieht freilich, daß ihr Benehmen gegen dich ihr nicht mehr gleich sieht, aber wenn sie dich flieht, so thut sie es nur um ihrer Liebe willen. Judith ist in einer Stimmung, die weit unglücklicher ist, als die Deine. Du hast sie so gefesselt, daß sie nach Licht, Leben und Athem schreit. Du hast ihr Herz in deine Gewalt gebracht, du hast jetzt auch ihren Geist verwirrt; wo soll sie einen

Ausweg finden, wenn sie sich selbst nicht verlieren will? Sie betet das Ungestüm deiner Gedanken an, sie glaubt Alles, was du ihr davon mittheiltest, aber es ist schon mehr, als sie tragen kann.« Uriel legte die Hand vor die Augen; denn jedes Wort bestätigte hier, was er sich selbst gestehen mußte.

»Nun ist dies alles nicht so,« fuhr Jochai fort, »daß daraus wirklich ein Bruch zwischen euch beiden entstehen müßte. Es kommt nur darauf an, daß du dich entschließen könntest, hier selbst etwas zu thun.« Jochai stockte, aber Uriel winkte, nur fortzufahren. »Nun denn,« sagte der Vetter; »ich weiß, daß Judith für dich verloren ist, wenn ein Ereigniß, das in der That im Anzuge ist, auf's Neue über dich hereinbräche.«

Uriel sprang auf, ergriff hastig seinen Arm, stammelte: »Du sprichst vom Bann, Vetter!« und lechzte nach dem Worte, das über Jochais Lippen kommen würde.

Dieser sagte: »Es ist wahr, sie würde die Acht nicht ertragen können; darum siehe zu, daß du sie umgehst.«

»Wie soll ich das thun?« rief Uriel verzweifelnd.

Jochai hielt ihn grausam einen Augenblick hin, dann trat er zu ihm heran, ergriff seine Hand und sprach mit gedämpfter Stimme: »Unglücklicher, wie durchschneidet es mein Herz, daß du so vielen Leiden aufgespart bist!«

Uriel stürzte auf einen Sessel und badete sich in Thränen. Jochai schwieg; was hätte er auch sagen können, das Uriel nicht schon wußte? Dennoch sprach er es aus.

»Die Synagoge,« fuhr er nach einer Weile fort, »hat deine Schrift dem Feuer übergeben, der morgende Tag schon ist dazu bestimmt, einen neuen, viel stärkern Bann, als den frühern, über dich auszusprechen. Komm dem Allem zuvor! Stelle dich selbst deinen Richtern und unterwirf dich einer Buße! Ich will alle meine Kräfte aufbieten, daß diese so mild als möglich eingerichtet werde. Entschlage dich dann in Zukunft allen neuen Reizungen der Gemeinde, verlaß entweder diese Gegend, oder hilf bei den Geschäften deiner Brüder, daß du Zerstreuung hast. Judith hast du um diesen Preis zurückgekauft.«

Uriel sah ihn starr an; es kam ihm vor, als habe der Vetter bei dieser letzten Erklärung blässer ausgesehen als zuvor. Es übermannte ihn einen Moment der Gedanke, daß ihn Jochai ja hassen müsse, weil er ihm Judiths Liebe geraubt, daß er unter der Maske der Freundschaft ihm böse Rathschläge ertheilen könnte. Doch strömte das Gefühl seiner verzweifelten Lage über ihn her, er schritt händeringend im Zimmer auf und nieder und beschwor Jochai, ob er Judiths gewiß sein dürfte, nachdem er sich Allem unterworfen hätte? Jochai gestand, daß Judith in dieser Art ihren Willen gegen ihn erklärt habe. »Sie ist nicht grausam,« sagte er, »denn sie versteht nicht, was sie will. Sie dachte auch in diesem Augenblick nicht an die Demüthigung, die dir widerfahren solle, sondern an ihre eigene Ruhe, an eine Herabstimmung deines ganzen Wesens, das sie erdrückt. Sie wird unglücklich sein, wenn sie erfährt, was du bei diesem neuen Schritt hast leiden müssen, aber du wirst dann ihrer gewiß sein.« Uriel rang die Hände, Scham und Verzweiflung peitschten ihn; kein Wort kam mehr über seine Lippen, und Jochai verließ ihn, in einigen Stunden seine Rückkehr versprechend.

Inzwischen hatte sich schon das Gerücht von Uriels neuer Achterklärung in der Stadt verbreitet. In seinem Hause war Alles von den Thränen seiner Mutter und Brüder benetzt, seine Freunde und Bekannten bestürmten ihn, seine Gesinnung zu ändern und den Richtern zuvorzukommen. Er war keinen Augenblick mehr allein und wußte nicht, wo er Besinnung hernehmen sollte. Wo er sich in den Straßen sehen ließ, verfolgten ihn Fingerzeige, Gruppen bildeten sich, wo er stillstand, und begleiteten ihn bis in seine Wohnung, die er vor Scham kaum zu erreichen vermochte. Mitten unter diesen Fortschritten vorschneller Theilnahme und Neugier mußte er den Muth verlieren, selbst wenn er sich ermannen wollte. Alle seine Entschlüsse sanken lahm zusammen; Jochai fand ihn zerschmettert, jeder Zumuthung fähig, ganz ohnmächtigen Willens. Es wurde Abend, eben sank die Sonne. Das Zimmer füllte sich mit Rathgebern und Beileidbezeugern, das Haus umstanden Neugierige, ja es währte nicht lange, so ging der Fanatismus bei der unten versammelten Menge um, und Drohungen und Verwünschungen füllten die Luft. Es ging Uriel nicht besser, wie einem Verbrecher, der zum Richtplatze geführt wird. Die Hoheit des stolzen Mannes war gebrochen; er fragte sich seufzend: »Bin ich denn noch Uriel Acosta, der Vertraute des Plato und Sokrates?« Er zitterte krampfhaft, denn er hörte, wie unten sein Name in den Koth der Gasse geschleift wurde. Er ergriff die Bücher, die auf seinem Tische lagen, und küßte sie weinend. Es schien ihm, als müßte er Abschied nehmen von Allem und die Geister der Weisen, mit denen er zu verkehren pflegte, versöhnen, da es nur noch an einem Haare hing, daß er sie Alle verrieth. Jochai zerschnitt dieses Haar, er hob den Willenlosen vom Sessel auf und führte den, der nicht mehr widerstand, hinaus unter die tobende Menge, durch die Straßen, deren Häuser von Zuschauern besetzt waren, bis sie, nicht ohne Gefahr, gesteinigt zu werden, die Wohnung des Hohenpriesters erreicht hatten.

Uriel befand sich in einem finstern, kerkerähnlichen Gemach. Jochai hatte ihn mit der Versicherung verlassen, daß er Judith gewinnen und Alles daran setzen werde, daß ihm die Synagoge eine gelinde Strafe zuerkennen sollte. Uriel rechnete auf beides; denn es schien ihm immer mehr, als wenn Jochai sein Schicksal in Händen hätte. Er war allein. Welch entsetzliche Demüthigung hatte er erfahren! Durch die volkreichsten Straßen Amsterdams war er wie ein Verbrecher gezogen, von den Schmähungen und Steinwürfen des jüdischen Pöbels verfolgt, den Christen ein Anblick, den sie theilnahmlos ertrugen oder der gar ihren Spott herausgefordert hatte. Hier rief man ihm nach: Abtrünniger! Christ! dort: Gottesleugner! Heide! Philosoph! Aber was stand ihm noch bevor? Von der Rache der Priester war jetzt Alles zu erwarten. Er fluchte seinem Vetter, der sich seines ohnmächtigen Willens bemächtigt und ihn hieher geführt hatte; er lief wie ein wildes Thier im Zimmer auf und ab, stieß seinen Kopf an die Wände und schlug an die Thür, welche man hinter ihm verschlossen hatte. Dann zwang ihn die Ermattung, zur Besinnung zurückzukehren. Er sank auf ein Bett nieder, das im Zimmer stand, und verlor sich in einen dumpfen, träumenden Zustand. Seine Phantasie wurde wach: er gaukelte sich die entsetzlichsten Gedanken vor, sah sich wie den gemeinsten Verbrecher behandelt, sah seinen Vetter, selbst Judith dabei thätig, seine Sinne verließen ihn, denn nichts hatte mehr Mitleiden mit ihm, außer zuletzt der Schlaf, der seine fieberhaften Vorstellungen auflöste und sie in eine kurze Ruhe wiegte.

Der Bote der Synagoge führte Uriel am Morgen in das Versammlungszimmer der Priester, wo er seinen so oft bereuten Widerruf abgegeben hatte. Er fand seine Richter schon versammelt und erstaunte, als man ihn fragte, warum er sich hieher begeben habe. Er selber wußte nicht, wie dies gekommen, und fragte: »Bin ich nicht auf Euern Befehl hier?«

Der Vorsitzer gab diese Frage zurück und sagte: »Was sollte uns treiben, dich in unsere Nähe zu führen? Unser Fluch hätte dich überall getroffen, wo du auch wandeltest.«

»Ich bin hier,« entgegnete Uriel, »um Euern schon ausgestreckten Arm zurückzuhalten. Verdammt mich nicht, ehe Ihr mich angehört habt!«

»Was sollen wir dich anhören?« sprach der Oberrabbi; »du hast dich selbst verdammt in Schrift, in Gespräch und That: hier ist Alles reif, und der Sonnenschein, der deine Verbrechen zeitigte, läßt sich nicht zurücknehmen, es sei denn, daß du freiwillig dich der Kirchenbuße unterwürfest.«

»Deßhalb bin ich hier,« antwortete Uriel; »ich will Frieden mit Euch, mich verlangt nicht nach der Unruhe, welche Eure Verfolgung über mich, meine Familie und meine ganze Zukunft bringt. Beschleunigt deßhalb Euern Beschluß und gebt mich bald wieder aus Eurer Gewalt!«

Uriel brachte aus dem Murmeln, das jetzt durch die Versammlung lief, keinen verständlichen Sinn heraus, bis ihm der Vorsitzer erklärte, daß ihm der Bescheid zur gehörigen Zeit würde bekannt gemacht werden. Uriel bat noch einmal, Alles in Kürze zu beenden, und wurde auf sein Zimmer wieder zurückgeführt.

Jetzt verstrich ein Tag nach dem andern, ohne daß Uriel etwas von seinem Schicksal erfuhr. Man brachte ihm Speise und Trank, doch seine Fragen beantworteten die Wächter nur mit ausweichenden Reden. Seine Ungeduld wuchs, wie seine Kraft abnahm. Sein Angesicht verfiel, die Augen vertieften sich, seine ganze Gestalt sank zusammen. Auch die Lebhaftigkeit seines Geistes verschwand, seine Einbildungskraft stumpfte sich ab; denn was kann vernichtender wirken, als zu einer Demüthigung nicht die Zeit erwarten können! Ein Wahn reihte sich an den andern: Uriel gab seine Hoffnung auf und gerieth auf den Gedanken, daß man ihn gänzlich der Welt entziehen wolle. Aller Mittel beraubt, einen solchen Plan zu hintertreiben, machte er sich endlich mit ihm vertraut und ergab sich einer vollkommenen Resignation. Wenn man dies Mittel gewählt hatte, um seinen stolzen Sinn gänzlich zu vernichten, so war es vortrefflich gewählt. Uriel träumte sein monotones Dasein von einem Tage zum andern fort, seine einzige Folter war die Zeit, an die schwindenden Minuten hatte er sich gleichsam angeschmiedet; diese schleppten ihn langsam mit sich fort und übergaben ihn von einer Stunde, die ihn folterte, an die andere. Zuletzt gewöhnte er sich auch an das Vorrücken der Zeit und stellte an Geist und Leib ein beklagenswerthes Bild der Vernichtung dar.

So mochten einige Monate vergangen sein, als sich eines Tages Uriels Gefängniß zu einer ungewöhnlichen Stunde öffnete. Obschon es heller Tag war, so fiel ihm das Licht von zahllosen Kerzen entgegen, welche von Priestern getragen wurden, die den Gang besetzt hielten. Man trat Uriel selbst an und erklärte ihm, daß der Augenblick seiner Buße jetzt gekommen sei. Dieser schwieg: den Männern wegen seines langen Gefängnisses Vorwürfe zu machen, hinderte ihn seine Muthlosigkeit und die Erwartung dessen, was sich jetzt begeben mußte. Man entkleidete ihn, übergab ihm weite Bußkleider, die er anlegen mußte, in seine Hand drückte man eine brennende Kerze und winkte ihm, jetzt in diesem demüthigenden Aufzuge ihnen zu folgen. Uriel ließ mit sich Alles geschehen. Der Gedanke, bald von dieser Pein erlöst zu werden, bemächtigte sich seiner, und er hoffte nach einer kurzen Plage beim Ziele seiner Wünsche zu sein. Diese Berechnung, wie sehr ihr die Hinfälligkeit seines Geistes und Körpers zu widersprechen schien, erhob ihn doch wieder und flößte ihm soviel Kraft des Bewußtseins ein, als er vielleicht gewünscht hätte, bei den nachfolgenden Scenen nicht zu besitzen; denn schon als er in die Synagoge trat, erschrak er, sie über und über mit Menschen angefüllt zu sehen. Alles war zusammengekommen, um Zeuge dieses seltenen Schauspiels zu werden. Die Priester hatten Mühe, durch die drängende Versammlung einen Weg zu bahnen; Alle wollten dem Opfer des Tages nahe sein, und sich an den Mienen eines Verbrechers weiden, von dem sie sich freilich rühmen konnten, daß sie es ihm niemals nachthun würden. Aber auch das Mitleid wollte ihm in der Nähe bleiben, um ihm Muth zuzusprechen: Alles gleich widerlich für Uriel, den Scham und Verzweiflung schon zu umkreisen anfingen. Er vermochte es nicht, wie er wollte, dreist sein Auge zu erheben und über die Menge wegzusehen; der Kontrast seines elenden Aufzuges überfiel ihn zu mächtig, und auf's Elendeste gedemüthigt, schritt er den Priestern nach, welche ihm Raum machten, daß er unter der Menge sicher seinen Fuß setzen konnte.

Am Hochaltare angelangt, blieb der Zug stehen. Uriel wurde bedeutet, die Erhöhung zu betreten. Hier stand er zuerst, Allen sichtbar, allein, nur damit beschäftigt, wie er die Blicke der versammelten Menge, die ihn jetzt alle gleichmäßig trafen, aufnehmen sollte. Er war aber unfähig, Trotz zu zeigen, sondern senkte die Augen vor Scham und dem überwältigenden Gefühle seiner Leiden nieder. Ein Priester trat zu ihm hinauf, übergab ihm eine Pergamentrolle, auf welcher die lange Reihe seiner Vergehungen verzeichnet stand; er sollte sie mit lauter Stimme ablesen und dies die erste Handlung seiner Buße sein. Uriel hatte dies erwarten können, und ohne zu wissen, was die Rolle Alles enthielt, begann er sie mit gedämpftem, rührendem Tone vorzulesen.

»Ich, Uriel Acosta,« hieß es hier, »von Geburt ein Portugiese und Christ, bekenne öffentlich, daß ich, nachdem ich freiwillig zum Judenthum mich bekannt habe, alle meine Bestrebungen darauf richtete, die Göttlichkeit meines neuen Bekenntnisses anzutasten, seine vorzüglichsten Lehren in Zweifel zu ziehen und zu besonderer Gunst des Christenthums, das ich heimlich nicht abgeschworen hatte, den Dienst Jehovas zu untergraben. Zu dem Ende ergriff ich jede Gelegenheit, mit den Beamten der Synagoge anzubinden, sie in ihrem Wirkungskreise zu stören und sogar heilige Gebräuche in dem Augenblicke, wo sie verrichtet wurden, lächerlich zu machen. Meine Geisteskräfte, nur darauf gerichtet, versteckten Hinterhalt zu legen, Unbezweifeltes durch Trugschlüsse als unerweisbar hinzustellen, und da, wo die Kraft des Verstandes nicht ausreichte, durch Spott zum Ziele zu gelangen, benutzte ich hauptsächlich gegen die heiligen Schriften der alten und neuen Tradition. Ich ließ Erklärungen ausgehen, welche die jetzigen Einrichtungen des jüdischen Gottesdienstes als nicht im Einklang befindlich mit den alten heiligen Schriften nachweisen sollten, und lud so viel Zorn und Groll des Himmels auf mich, daß ich die Achterklärung, welche mich vor einem Jahre traf, nur als verdiente Strafe meiner Verbrechen ansehen muß. O hätte diese Strafe länger gedauert! Doch die Unbequemlichkeit derselben wohl fühlend, entschloß ich mich, ein teuflisches Spiel zu treiben. Ich kehrte, noch in der ganzen Ausdünstung meines Fluches, zu den Vätern der Synagoge zurück und heuchelte Reue und Ergebenheit. Die Langmuth dieser Ehrwürdigen befreite mich vom Banne. Seitdem begann ich aber offener hervorzutreten. Wo es mir nur gelang, suchte ich die Lehre Jehovas in Mißachtung zu bringen, ich richtete mein Augenmerk auf alle, die etwa Lust tragen sollten, sich ihr zuzuwenden, und redete ihnen von ihrem Vorhaben ab. Ich betrog den Himmel um zahllose Seelen. Aber meine Vermessenheit stieg noch höher. Ungeachtet ich alle meine frühern Vergehungen in höherm Grade wiederholte, hielt ich es nicht genug, gegen die Einrichtungen Jehovas zu streiten, sondern ich vergriff mich an ihm selbst. Ich zog das Dasein einer göttlichen Gewalt in Zweifel, leugnete die Fortdauer der Seele und häufte auf Entsetzliches Entsetzlicheres. Doch jetzt auf der höchsten Stufe der Verbrechen schwindelte mir, ich verlor meine Besinnung und stürzte elend zu Boden. Die Strafe Gottes hatte mich erreicht. Ich bekenne, daß ich seines Beistandes gänzlich für verlustig sollte erklärt werden, daß er durch einen martervollen Tod noch bei weitem keine angemessene Genugthuung an mir fände. Allein die heiligen Väter der Synagoge haben versprochen, für meine Seele Fürbitte einzulegen und mich durch eine vollständige Kirchenbuße der göttlichen Huld auf's Neue zu empfehlen. So verhängt denn Alles über mich! Mich dürstet nach dem Lohne meiner Verbrechen!«

Uriel hatte schon bei den ersten Worten, wo gesagt wurde, daß er Christ war, innehalten wollen; denn hier sah er seines Vetters Verrätherei. Er stockte bald an einer andern Stelle, an einer dritten; aber die Priester zwangen ihn, weiter zu lesen; die letzten Worte waren kaum noch hörbar. Uriel wankte zurück, die Priester fingen ihn auf, nahmen ihm die Kerze aus der Hand und führten ihn in einen dunkeln Winkel des Tempels, wo er sein ferneres Schicksal erwarten sollte.

Die Versammlung stimmte inzwischen jenen Psalm an, den David sang, als Doeg, der Edomiter, kam und Saul ansagte, daß David in Abimelechs Haus gekommen: »Was trotzest du denn –« Auf Uriel verfehlte aber dieser Fanatismus seine Wirkung. Die Ohnmacht seines Wesens war verschwunden. Das Blut flog siedend in seinen Adern auf und ab, er hätte mit lauter Stimme gegen diese

Menschen losbrechen können, wenn ihn der Gesang nicht übertäub-
te. Was wollte man noch von ihm? Waren jene lügenhaften Worte
keine hinreichende Demüthigung? Uriel glaubte seinen Vetter zu
sehen, er drohte ihm mit beiden Fäusten. Er hatte sich getäuscht
und knirschte vor Ingrimm. Wer hatte ihn in diese Lage versetzt?
Wer die mildeste Strafe versprochen? Wer hatte seine Geburt, seine
Meinung über den Tod an die Priester verrathen? Er warf sich zur
Erde nieder und wand sich wie ein wildes Thier. Doch überwältigte
der Gesang seine Wuth, er mußte sich an die Ermattung übergeben,
und wartete jetzt stumm auf Alles, was noch kommen würde.

Nachdem der Psalm zu Ende gesungen war, führten mehre Diener der Synagoge den Büßenden aus dem Dunkel hervor, stellten
ihn dicht vor den Hochaltar, banden ihn an eine Säule fest und ent-
blößtem seinen Leib. Ruthenstreiche fielen auf ihn herab, an der
Zahl neununddreißig. Uriel schrie nicht, sondern wehklagte nur
leise; seine Seele litt fürchterlicher als der gemißhandelte Körper. Er
fühlte schmerzlich, was Alles an ihm beleidigt wurde, die Wissenschaft, die Vernunft, Sokrates, Christus. Er war gefaßt, Strafe zu
leiden, er hätte den Tod nicht gescheut; aber diese Erniedrigung!
Sein Schmerz übermannte ihn, Thränen stürzten aus seinen Augen;
doch waren dies wieder neue Qualen für ihn: denn konnten sie
nicht mit Thränen der Reue verwechselt werden? Seine Empfindung sprang bei diesem Gedanken plötzlich wieder in Wuth über,
er drohte mit seinen zerfleischten Armen, stieß zahllose Verwünschungen aus, bis ihn der Psalm übertönte, welchen David dichtete:
»Jauchzet Gott, alle Lande!«

Uriel schwieg; er überlief die Reihe der Leidenschaften, die, alle
jetzt entfesselt, wild in ihm tobten, und blieb da stehen, wo die Rache schnaubte. Rache war das einzige Wort, was ihm den Muth gab,
noch Größeres zu erdulden; denn noch war das Maaß seiner Leiden
nicht voll. Wenn es eine größere Strafe geben kann, als Züchtigung
eines edeln, frei gebornen Körpers, in dem eine große Seele wohnt,
so traf ihn auch diese noch. Man ergriff ihn zum zweiten Male,
führte ihn an den Ausgang des Tempels, befestigte ihn an der
Schwelle der Thüre und ließ jetzt die ganze Versammlung, die sich
auflöste, über ihn wegtreten. An Mitleid dachte der Fanatismus
nicht, auch nicht an Schonung; er half mit rüstiger Hand die Strafe
vollziehen und trat grausam auf den sich krümmenden Leib des

Unglücklichen. Uriel ertrug Alles, denn die Rache ist eine aufheiternde, tröstende Freundin jeder Kränkung. Sie versagt dem Munde die Kraft, seinen Schmerz auszuschreien; sie macht jede Klage stumm, sie verkürzt sogar die Zeit des Leides und gibt da Leben wieder, wo man glauben sollte, es sei gänzlich geflohen. Die Rache half Uriel bis auf den letzten Moment ausharren, bis das ganze jüdische Amsterdam über ihn hinweg war; jetzt half sie ihm aber die Riemen, die ihn festgeschnallt hatten und durch die Füße der Versammlung fast aufgerieben waren, vollends zerreißen; sie schwang ihre blutige Fackel, und wie ein Rasender stürzte Uriel von dem Orte seiner Erniedrigung fort, durch die Straßen der Stadt in die Wohnung der Seinigen. Mit todtbleichem Angesicht, bluttriefend, mit zerrissenen Kleidern trat er vor seine versammelte Familie, die er in Thränen und Wehklagen aufgelöst fand. Er sprach kein Wort, das sich verstehen ließ, er sagte, er verlangte, man wußte nicht was, er lachte wild auf, er weinte vor Wuth. Der junge Baruch Spinoza wagte allein, ihm nahe zu treten. Er ergriff das Kind, hielt es zum Himmel auf, seine Augen verriethen, daß er sprechen wollte, aber die Zunge versagte ihm. Er sank zurück, er nahm den Knaben auf den Schooß, versuchte noch einmal, zu reden, und diese Worte drängten sich abgebrochen aus seiner lautathmenden Brust hervor.

»Du unschuldiger Knabe, du ahnest noch nichts von den Gräueln dieser Welt, und ein Zerschmetterter, ein bis zum Wahnsinn Mißhandelter trägt dich in den Armen. Zitterst du nicht vor Verbrechen, wie man sie an mir begangen hat? Blicke mich nicht so stumm an, Knabe; was an mir geschehen ist, bleibt unerhört unter der Sonne. Ja, du bebst, himmlisches Kind; selbst deine unschuldvollen Züge müssen erblassen, wo sie diesen Frevel sehen, diesen geschändeten Leib, diesen zertretenen Stolz: Du segnest meine Rache! Du versprichst mir, meine Rache zu Ende zu bringen; poche einst, wenn dein Geist sich erhebt, an die Wohnung Gottes, und forsche, warum er die, welche sein Geheimniß lieben, züchtigt. Mein unvollendetes, zertretenes Werk gebe ich dir, der noch einzig furchtlos ist, und der meines Schwertes Scharten an jenen elenden Knechten der Allmacht auswetzen wird. Das Gegenwärtige sinkt Alles unter mir zusammen, nur auf die Zukunft hoffe ich. O Gott, o Gott, wie elend hast du mich gemacht.«

Seine Familie wollte helfen, wollte das Blut vom Körper wischen, die zerfetzten Kleider abnehmen, aber er wies Alles zurück.

»Auf wie lange? auf wie lange?« rief er; »ein gegeißelter Stolz stirbt! Die Sehnen meines Nackens sind schlaff, ich bin ein angeschossener Adler, der mit den Flügeln um sich schlägt, aber bald ausathmen wird. Laßt mich, laßt mich, die Stunde ist da!«

Mit diesen Worten entzog er sich Allen, eilte auf sein Zimmer, ergriff zwei Pistolen, die fortwährend geladen über seinem Bette hingen, bahnte sich den Weg durch die Menge, die neugierig sein Haus umstand, und stürzte wahnsinnig, seine Mordwaffen nicht verbergend, fort. Er suchte Jochais Haus.

An Vanderstratens Wohnung mußte er noch vorüber. Hier sah er Alles auf das Festlichste erleuchtet. Karossen flogen nacheinander vor das Portal und ließen schön geputzte Paare heraus; Diener rannten Trepp' auf, Trepp' ab; durch alle Säle verbreitete sich köstlicher Ambraduft; die Thüren des ganzen Gebäudes waren geöffnet, um dem Feste den größten Spielraum zu lassen; eine rauschende Musik tönte von oben her. Uriel staunte; so viel Besinnung hatte er noch, dies Alles zu bemerken. Eine Ahnung fuhr ihm durch die Seele, sie schleuderte ihn blitzschnell die Stiege hinauf, in den großen, von tausend Kerzen erhellten, von glänzenden Gästen besetzten Saal. Alles schrie vor Entsetzen auf, als man des Wahnsinnigen ansichtig wurde. Aber schon hatte er sein Opfer gefunden, er legte auf seinen Vetter an, das Pulver blitzte, und Judith, Jochais eben angetraute Braut, schwamm in ihrem Blute. Uriel, der vielleicht nicht sah, wie fürchterlich er sein Ziel verfehlt hatte, ergriff die zweite Pistole; man fiel ihm in die Arme; doch die Verzweiflung gab ihm Riesenkraft. Er wehrte sich mit seiner Waffe gegen die Andringenden und bahnte sich in ein Nebenzimmer den Rückzug. In diesem Augenblick hörte man den zweiten Schuß. Uriel hatte sich selbst das Gehirn zerschmettert.

Dieselbe Erde deckte Uriels und Judiths Leichen. Doch trennte sie der Ausspruch der Synagoge; denn Uriel wurde in einem entfernten Winkel des Friedhofes gebettet. Dafür gesellte sich aber bald seine Mutter, Esther, zu ihm, welche diese Schrecken und den Verlust eines solchen Sohnes nicht ertragen konnte. Auch blieb die Stätte nicht ohne den Schmuck der Liebe: Uriels Schwester bepflanzte sie mit Trauerweiden und klagenden Blumen. Baruch Spinoza sah man oft an seines unglücklichen Oheims endlicher Freistatt. Aus der Erinnerung an diesen theuern Duldner schöpfte er sich die Kraft zu den unsterblichen Leiden, die auch er in Zukunft zu ertragen hatte.

Über tredition

Eigenes Buch veröffentlichen

tredition wurde 2006 in Hamburg gegründet und hat seither mehre-re tausend Buchtitel veröffentlicht. Autoren veröffentlichen in we-nigen leichten Schritten gedruckte Bücher, e-Books und audio-Books. tredition hat das Ziel, die beste und fairste Veröffentli-chungsmöglichkeit für Autoren zu bieten.

tredition wurde mit der Erkenntnis gegründet, dass nur etwa jedes 200. bei Verlagen eingereichte Manuskript veröffentlicht wird. Da-bei hat jedes Buch seinen Markt, also seine Leser. tredition sorgt dafür, dass für jedes Buch die Leserschaft auch erreicht wird.

Im einzigartigen Literatur-Netzwerk von tredition bieten zahlreiche Literatur-Partner (das sind Lektoren, Übersetzer, Hörbuchsprecher und Illustratoren) ihre Dienstleistung an, um Manuskripte zu ver-bessern oder die Vielfalt zu erhöhen. Autoren vereinbaren direkt mit den Literatur-Partnern die Konditionen ihrer Zusammenarbeit und partizipieren gemeinsam am Erfolg des Buches.

Das gesamte Verlagsprogramm von tredition ist bei allen stationä-ren Buchhandlungen und Online-Buchhändlern wie z. B. Amazon erhältlich. e-Books stehen bei den führenden Online-Portalen (z. B. iBookstore von Apple oder Kindle von Amazon) zum Verkauf.

Einfach leicht ein Buch veröffentlichen: **www.tredition.de**

Eigene Buchreihe oder eigenen Verlag gründen

Seit 2009 bietet tredition sein Verlagskonzept auch als sogenanntes "White-Label" an. Das bedeutet, dass andere Unternehmen, Institutionen und Personen risikofrei und unkompliziert selbst zum Herausgeber von Büchern und Buchreihen unter eigener Marke werden können. tredition übernimmt dabei das komplette Herstellungs- und Distributionsrisiko.

Zahlreiche Zeitschriften-, Zeitungs- und Buchverlage, Universitäten, Forschungseinrichtungen u.v.m. nutzen diese Dienstleistung von tredition, um unter eigener Marke ohne Risiko Bücher zu verlegen.

Alle Informationen im Internet: **www.tredition.de/fuer-verlage**

tredition wurde mit mehreren Innovationspreisen ausgezeichnet, u. a. mit dem Webfuture Award und dem Innovationspreis der Buch Digitale.

tredition ist Mitglied im Börsenverein des Deutschen Buchhandels.

Dieses Werk elektronisch lesen

Dieses Werk ist Teil der Gutenberg-DE Edition DVD. Diese enthält das komplette Archiv des Projekt Gutenberg-DE. Die DVD ist im Internet erhältlich auf **http://gutenbergshop.abc.de**